W0368935

Abseits der Schulbank – Mein Teenager Lebenskompass

Dein spannender Leitfaden für große Träume, Beziehungen, Selbstfürsorge, Pubertät und mehr

Impressum

Deutschsprachige Erstausgabe Oktober 2023
Copyright © 2023 Marvin Klug

Alle Rechte vorbehalten
Nachdruck, auch auszugsweise, nicht gestattet
Das Werk, einschließlich seiner Teile, ist urheberrechtlich geschützt. Jede Verwertung ist ohne Zustimmung des Verlages und des Autors unzulässig. Dies gilt insbesondere für die elektronische oder sonstige Vervielfältigung, Übersetzung, Verbreitung und öffentliche Zugänglichmachung.

Wendt & Marvs
Marvin Klug
Hauffstraße 4, 26386 Wilhelmshaven
Deutschland

Covergestaltung und Satz: Wolkenart - Marie-Katharina Becker,
www.wolkenart.com

Lektorat:
Korrektorat:
Herstellung und Verlag:

1. Auflage

ISBN:

MARVIN KLUG

ABSEITS DER SCHULBANK
MEIN TEENAGER LEBENSKOMPASS

DEIN SPANNENDER LEITFADEN FÜR GROSSE TRÄUME, BEZIEHUNGEN, SELBSTFÜRSORGE, PUBERTÄT UND MEHR

INHALT

1. MEIN KÖRPER UND DIE PUBERTÄT - HILFE, WAS PASSIERT MIT MIR? 10

1.1. Die erstaunliche Verwandlung meines Körpers (Mädchen und Jungs) 11

1.2. Emotionale Achterbahn: Wie die Pubertät deine Gefühle beeinflusst 12

1.3. Clear-Skin-Journey: Tipps gegen Akne und für gesunde Haut 13

1.4. Selbstliebe: Stolz auf den Menschen im Spiegel 14

2. STARK DURCH DEN SCHULALLTAG - STRESS BEWÄLTIGEN UND ERFOLGREICH SEIN 16

2.1. Umgang mit Schulstress und Prüfungsangst 17

2.2. Erfolgreiches Lernen: Tipps und Strategien für deinen Bildungsweg 18

2.3. Zeit jonglieren: Wie du Schule, Hobbys und Freizeit balancierst 19

2.4. Dein Leben, dein Tempo: so gehst du mit Druck und Erwartungen um 21

3. TRAUMBERUFE ODER TRAUMSTUDIUM ENTDECKEN - FINDE DEINEN WEG IN DIE ZUKUNFT 23

3.1. Entdecke spannende Berufswelten 24

3.2. Beeindrucke mit deinem Lebenslauf: Tipps für eine überzeugende Darstellung 25

3.3. Zeig, was du draufhast: Vorstellungsgesprächsfähigkeiten, die überzeugen 26

3.4. Deine Bildungsreise: Entdecke vielfältige Studienmöglichkeiten 29

4. SMART MIT GELD UMGEHEN - DEIN GUIDE FÜR DIE FINANZIELLEN GRUNDLAGEN 31

4.1. Taschengeld und finanzielle Verantwortung für Teenager 32

4.2. Spartipps: Clever planen, sinnvoll sparen 33

4.3. Geldgeplänkel verstehen: Wie funktionieren Kredite, Schulden und Zinsen 34

4.4. Minijobs und das Geheimnis des Sparens 35
4.5. Von Taschengeld zu Vermögen: Strategien für finanziellen Erfolg 36

5. KRAFT DER KLAREN VERSTÄNDIGUNG - KOMMUNIZIEREN WIE EIN PROFI 38
5.1. Konflikte meistern: Streiten und Lösungsfindung 39
5.2. Empathisches Zuhören: Die Kunst der Verbindung und Verständigung 40
5.3. Die Sprache des Körpers: Nonverbale Kommunikation und Körpersprache 42

6. SELBSTFÜRSORGE - DEIN PERSÖNLICHES WOHLBEFINDEN 44
6.1. Stressbewältigung und Achtsamkeit: Dein Weg zur inneren Ruhe 45
6.2. Power für deinen Körper: Gesunde Ernährung und körperliche Aktivität 46
6.3. Dein Guide zum Umgang mit emotionalem Wohlbefinden 48

7. ZWISCHENMENSCHLICHE VERBINDUNGEN - SOZIALE BEZIEHUNGEN 50
7.1. Freunde fürs Leben: Verbindungen knüpfen und pflegen 51
7.2. Gesunde Beziehungen: Das Erkennen von toxischen Freundschaften 52
7.3. Deine Stärke im Stillen: Schüchternheit und Introvertiertheit als wertvolle Eigenschaften 54

8. HERZKLOPFEN UND SCHMETTERLINGE IM BAUCH - DIE ERSTE LIEBE 56
8.1. Das erste Mal verliebt 57
8.2. Die Magie der ersten Beziehung 58
8.3. Die Bedeutung von Grenzen: Das erste Mal und das Recht, Nein zu sagen 59
8.4. Wenn das Herz bricht: Umgang mit unglücklicher Liebe 61

9. MEDIEN VERSTEHEN UND KRITISCH DENKEN - LEITFADEN FÜR DEN INFORMATIONSDSCHUNGEL 63
9.1. Medienkritik und Quellenbewertung: Einblick in die Welt der kritischen Informationsanalyse 64

9.2. Dem Rätsel auf der Spur:
Fake News und Fehlinformationen entlarven 65
9.3. Digitale Ethik und Privatsphäre:
Verantwortungsbewusstes Verhalten in der digitalen Welt 67

10. DEINE ZEIT IM GRIFF - PRODUKTIVITÄT UND PLANUNG 69
10.1. Selbstmotivation und Zielsetzung:
Deine Reise zu persönlichem Erfolg 70
10.2. Du hast die Verantwortung für deine persönliche Weiterentwicklung 71
10.3. Dein innerer Kompass für das richtige Handeln 73

11. ALLTAGSMANAGEMENT UND SELBSTSTÄNDIGKEIT - DEIN GUIDE ZUR HAUSHALTSFÜHRUNG 76
11.1. Kochen und Hausarbeit: Selbstständigkeit im Alltag 77
11.2. Verständnis von Mietverträgen und Versorgungsrechnungen........... 78
11.3. Besitztümer pflegen und schützen: Tipps für dauerhafte Freude 79

12. GLOBALES BEWUSSTSEIN
12.1. Kulturelle Sensibilität und Vielfalt in unserer Welt 82
12.2. Die Umwelt im Fokus:
Umweltbewusstsein und Nachhaltigkeit entdecken 83
12.3. Aktive Bürgerschaft und gesellschaftliches Engagement:
Gemeinsam für eine bessere Welt...85

13. WACHSE, LERNE, WERDE - DIE KUNST DER SELBSTENTWICKLUNG 87
13.1. Die Kunst der Anpassung:
Veränderungen und Unsicherheit meistern 88
13.2. Gestärkt aus Rückschlägen hervorgehen: Die Kunst der Resilienz..... 89
13.3. Unendliche Neugier: Die Kraft der kontinuierlichen Bildung............ 91

14. DEINE GESUNDHEIT - EIN LEBEN IN BALANCE 94
14.1. Erholsamer Schlaf: Die Quelle deiner Energie und Klarheit 95

14.2. Die Schätze der psychischen Gesundheit:
Den Geist pflegen und stärken 97
14.3. Verstehen und Bewältigen von morgendlicher
Müdigkeit und nächtlicher Aktivität 99

15. GRENZEN UND ENTSCHEIDUNGEN - EINBLICK IN DEN UMGANG MIT DROGEN UND ABHÄNGIGKEITEN 101
15.1. Ein tiefes Verständnis von Sucht und ihre Überwindung 102
15.2. Auf dünnem Eis:
Einblicke in Substanzen und bewusste Entscheidungen 104
15.3. Die Gamingsucht:Ein tiefer Einblick in Videospielsucht
und einen ausgewogenen Umgang mit Games 106

16. SOCIAL-MEDIA - UNSERE DIGITALE WELT 108
16.1. Die digitale Bühne: Was gebe ich alles von mir im Internet preis?...... 109
16.2. Bodyshaming: Einblick in Körperakzeptanz und
positives Selbstbild 110
16.3. Cybermobbing: Einblick in die Auswirkungen von Online-Mobbing
und die Bedeutung von Respekt 112
16.4. Offline-Abenteuer:
Die Kunst, Pausen von Social Media zu genießen 114

17. 10 SKURRILE UND WITZIGE FAKTEN ZUM TEENAGER-ALTER 116

18. NACHWORT 119

Liebe Leserin, lieber Leser,

willkommen zu einem Buch, das dazu geschrieben wurde, um dich auf eine Reise mitzunehmen – eine Reise, die dich mit Wissen, Weisheit und Fähigkeiten ausstattet, die für deine Zukunft von entscheidender Bedeutung ist.
In der Schule lernen wir eine Fülle von Themen, von Mathematik bis Geschichte, von Wissenschaft bis Literatur. Aber es gibt so viel mehr im Leben, das nicht durch Lehrbücher oder Klassenzimmer abgedeckt wird. Dieses Buch ist dein Ratgeber für die Welt jenseits der Schulmauern. Hier wirst du entdecken, was es bedeutet, als Individuum in einer komplexen und sich ständig verändernden Gesellschaft zu leben. Gemeinsam werden wir uns den Herausforderungen stellen, die auf dich zukommen – sei es im Bereich der Finanzen, der zwischenmenschlichen Beziehungen oder der Selbstentwicklung.
Du wirst lernen, wie man mit Geld umgeht, wie man Beziehungen aufbaut und pflegt, wie man sich selbst und anderen gegenüber Mitgefühl zeigt. Wir werden über Dinge sprechen, die dich auf deiner persönlichen und beruflichen Reise unterstützen werden – vom Umgang mit Konflikten bis zur Entdeckung deiner Leidenschaften.
Ein besonderer Fokus liegt darauf, dir zu helfen, dich selbst zu verstehen – sowohl körperlich als auch emotional. Die Pubertät ist eine aufregende und manchmal verwirrende Zeit. Dieses Buch wird dich dabei unterstützen, die Veränderungen zu verstehen und mit ihnen umzugehen.

Denk daran, dass dieses Buch nicht dazu gedacht ist, deine Schulerfahrung zu ersetzen, sondern sie zu ergänzen. Es soll dich dazu befähigen, die Herausforderungen des Lebens mit Selbstvertrauen und Neugier anzunehmen. Die Seiten, die vor dir liegen, sind gefüllt mit nützlichem Wissen, praktischen Ratschlägen und inspirierenden Geschichten.

Du bist der Gestalter deiner Zukunft. Mit Wissen bewaffnet kannst du die Welt mit größerer Klarheit sehen und mutiger gestalten. Ich lade dich ein, dich auf diese Reise einzulassen, neue Perspektiven zu gewinnen und das Leben in seiner ganzen Tiefe zu erforschen.

Bereit, deinem eigenen Weg zu folgen? Dann lass uns gemeinsam beginnen.

Dein

Marvin Klug

1. MEIN KÖRPER UND DIE PUBERTÄT

HILFE, WAS PASSIERT MIT MIR?

1.1. DIE ERSTAUNLICHE VERWANDLUNG MEINES KÖRPERS (MÄDCHEN UND JUNGS)

In der Welt der Veränderungen, die wir Pubertät nennen, passieren einige ziemlich erstaunliche Dinge mit dem Körper, egal ob Mädchen oder Junge. Veränderungen gehören im Leben dazu, also lass dich darauf ein und versuche, auf deinen Körper zu hören.

Für viele Mädchen beginnt die Pubertät mit einem Wachstumsschub; das bedeutet, dass du plötzlich größer wirst und vielleicht aus deiner Kleidung herauswächst. Neben dem Wachstum verändern sich auch die Kurven deines Körpers: Deine Hüften werden breiter, während deine Brüste wachsen. Dies liegt an den Hormonen, die deinem Körper signalisieren, sich zu entwickeln. Die Menstruation, oder deine Periode, ist ebenfalls ein wichtiger Teil der Pubertät. Sie markiert den Beginn deines Menstruationszyklus und die Möglichkeit, eines Tages Kinder zu bekommen.

Auch bei Jungs geht es während der Pubertät heiß her. Du wirst nicht nur größer, sondern auch muskulöser, da deine Knochen wachsen und die Muskeln sich entwickeln. Eines der deutlichsten Zeichen der Pubertät bei Jungs ist die Vergrößerung der Hoden und des Penis. Das wird von Hormonen gesteuert, die dafür sorgen, dass sich die Geschlechtsorgane entwickeln. Auch die Stimme verändert sich – sie wird tiefer und kräftiger.

Die Pubertät mag manchmal verwirrend sein, aber denk daran, dass alle diese Veränderungen völlig normal sind. Dein Körper entwickelt sich, um dich auf das Erwachsenenleben vorzubereiten. Es ist wichtig, darüber zu sprechen, wenn du Fragen oder Bedenken hast – sei es mit vertrauten Erwachsenen, Eltern oder Gesundheitsfachleuten. Dein Körper ist ein erstaunlicher Teil von dir und diese Veränderungen sind ein aufregender Schritt auf der Reise ins Erwachsenenleben.

1.2. EMOTIONALE ACHTERBAHN: WIE DIE PUBERTÄT DEINE GEFÜHLE BEEINFLUSST

Es ist völlig normal, wenn du dich manchmal fragst, ob deine Gefühle verrücktspielen. Mach dir keine Sorgen, du bist nicht allein. Dein Körper und dein Gehirn erleben eine Menge Veränderungen, die dein Gefühlsleben beeinflussen können.

Erinnerst du dich, wie du gestern über etwas gelacht hast, obwohl du heute darüber weinen könntest? Das ist keine Magie – das sind die verrückten Gefühlsschwankungen, die mit der Pubertät einhergehen. Deine Hormone tanzen Tango und das kann dazu führen, dass du von einer Sekunde zur nächsten wie auf einer emotionalen Achterbahn fährst. Es ist okay, sich manchmal verwirrt zu fühlen.

Während deiner Pubertät lernst du nicht nur, wie du dich in deinem Körper zurechtfindest, sondern auch, wie du deine eigenen Emotionen verstehen kannst. Manchmal fühlst du dich großartig und dann wieder unsicher. Das ist ein Teil des Entdeckungsprozesses – du lernst, wer du bist und wo du in der Welt stehst.

Es ist okay, deine Emotionen zu fühlen – sei es Freude, Wut, Traurigkeit oder Verwirrung. Aber es ist auch wichtig, zu lernen, wie du mit ihnen umgehst. Sich mit anderen auszutauschen, sei es mit Freunden, Eltern oder Vertrauenspersonen, kann dir helfen, deine Gefühle zu sortieren.

> Denk daran, dass du nicht allein bist – Millionen von Teens durchleben ähnliche Gefühlsschwankungen. Die Pubertät mag manchmal wie eine wilde Fahrt erscheinen, aber du wirst lernen, mit diesen Emotionen umzugehen und sie als Teil deines wunderbaren Selbst zu akzeptieren.

1.3. CLEAR-SKIN-JOURNEY: TIPPS GEGEN AKNE UND FÜR GESUNDE HAUT

Wenn es um Akne und gesunde Haut geht, bist du definitiv nicht allein. Fast jeder von uns hat sich irgendwann mit Pickeln und Hautunreinheiten herumgeschlagen. Die gute Nachricht: Es gibt Möglichkeiten, deine Haut zu pflegen und sie im besten Licht erstrahlen zu lassen.

Deine Haut ist wie eine coole Schutzschicht, die dich vor der Außenwelt bewahrt. Während der Pubertät können Hormone jedoch dazu führen, dass deine Haut mehr Fett produziert, was zu Pickeln führen kann. Akne kann auf Gesicht, Nacken, Rücken oder sogar den Schultern auftreten. Verstehe, dass das nichts mit mangelnder Hygiene zu tun hat – es ist ein natürlicher Teil des Wachstumsprozesses.

Hautpflege muss nicht kompliziert sein. Ein einfacher Ansatz kann Wunder wirken: Reinige deine Haut sanft mit einem milden Reinigungsmittel. Verwende danach eine Feuchtigkeitscreme, um deine Haut hydriert zu halten. Wenn du Make-up trägst, achte darauf, es vor dem Schlafengehen gründlich zu entfernen. Übertreibe es jedoch nicht mit Reinigungsprodukten, da zu viel Reinigung deine Haut austrocknen kann.

Deine Haut spiegelt oft wider, wie du dich fühlst. Gesunde Gewohnheiten wie ausreichender Schlaf, eine ausgewogene Ernährung und regelmäßige Bewegung können deiner Haut zugutekommen. Trinke genug Wasser, um deine Haut von innen zu pflegen. Und denk daran, dich vor der Sonne zu schützen – Sonnencreme ist dein Freund.

Akzeptiere dich so, wie du bist. Akne ist normal und fast jeder hat mal damit zu tun. Sei nett zu dir selbst und lass dich nicht von Hautunreinheiten beeinträchtigen. Selbstbewusstsein strahlt von innen nach außen und wahre Schönheit liegt im Selbstvertrauen und der Selbstliebe.

Denk daran, dass du nicht allein bist. Viele Menschen haben diese Reise durchgemacht und es gibt immer Wege, um deine Hautpflege zu verbessern. Egal, ob du ein paar Pickel hast oder nicht – du bist großartig, genau so, wie du bist. Deine Haut ist ein Teil von dir und verdient es, liebevoll gepflegt zu werden.

1.4. SELBSTLIEBE: STOLZ AUF DEN MENSCHEN IM SPIEGEL

In diesem Punkt dreht sich alles um dich – um die Beziehung, die du mit dir selbst pflegst. Es geht darum, in den Spiegel zu schauen und den Menschen darin mit einem warmen Lächeln zu begrüßen.
Dein Körper ist erstaunlich! Er trägt dich durchs Leben, erlebt Abenteuer und erlaubt es dir, die Welt zu entdecken. Jeder Zentimeter von dir ist einzigartig und wertvoll. Deine Nase, deine Augen, deine Hände ... all das macht dich zu dem wundervollen Menschen, der du bist.
Es ist leicht, sich von den scheinbar perfekten Bildern in den Medien beeinflussen zu lassen. Aber erinnere dich daran, dass diese Bilder oft bearbeitet sind und unrealistische Standards setzen. Dein Körperbild sollte auf der Realität basieren – auf deinem einzigartigen Aussehen und deinem Wert als Mensch.
Selbstliebe geht weit über das Aussehen hinaus. Es geht um die Akzeptanz deiner Stärken und Schwächen, deiner Träume und Ängste. Du bist mehr als nur dein Körper – du bist ein kompletter Mensch mit Gedanken, Gefühlen und Talenten, die die Welt bereichern.
Das, was du zu dir selbst sagst, ist wichtig. Stell dir vor, du würdest mit einem guten Freund sprechen – würdest du ihm sagen, dass er nicht gut genug ist? Wahrscheinlich nicht! Behandle dich selbst genauso freundlich. Fange an, positive Dinge über dich selbst zu denken und auszusprechen.

Deine Beziehung zu dir selbst sollte mit Liebe und Fürsorge gefüllt sein. Nimm dir Zeit, dich zu verwöhnen – sei es mit einem entspannenden Bad, einem guten Buch oder einem Spaziergang in der Natur. Je mehr du dich um dich selbst kümmerst, desto mehr wirst du dich selbst schätzen.

Denke daran, dass Selbstliebe eine Reise ist. Es kann eine Weile dauern, sich selbst bedingungslos zu akzeptieren, aber du bist es wert. Schau in den Spiegel und sieh die Person, die dir entgegenblickt, mit einem Lächeln an. Du bist einzigartig, du bist schön und du verdienst Liebe – besonders von dir selbst.

2. STARK DURCH DEN SCHULALLTAG

STRESS BEWÄLTIGEN UND ERFOLGREICH SEIN

2.1. UMGANG MIT SCHULSTRESS UND PRÜFUNGSANGST

Wir wissen, dass die Schule manchmal wie eine Achterbahn der Anforderungen und Erwartungen sein kann. Von Hausaufgaben über Tests bis hin zu Projekten - es kann überwältigend sein. Aber keine Sorge, du bist nicht allein und es gibt Strategien, um Stress zu bewältigen und Prüfungsangst in den Griff zu bekommen.

Der Schlüssel zur Stressbewältigung liegt oft im Zeitmanagement. Wenn du deine Aufgaben und Deadlines im Blick behältst, kannst du stressige Situationen minimieren. Erstelle einen Stundenplan, plane Pausen ein und arbeite schrittweise an Projekten. Kleine Schritte machen große Aufgaben viel machbarer.

Prüfungsangst ist normal, aber du kannst lernen, sie zu bewältigen. Vorbereitung ist der Schlüssel. Stelle sicher, dass du den Stoff rechtzeitig vor der Prüfung lernst. Erstelle Zusammenfassungen, nutze Flashcards oder finde eine Methode, die für dich am besten funktioniert. Beim Lernen ist Qualität wichtiger als Quantität.

Wenn du während einer Prüfung oder in stressigen Momenten merkst, dass dein Herz rasend schlägt, versuche, tief durchzuatmen. Ein paar tiefe Atemzüge können Wunder wirken, um dich zu beruhigen und Klarheit zu finden. Atme langsam ein und noch langsamer aus - du wirst sehen, wie sich die Anspannung löst.

Du bist nicht allein mit deinem Schulstress. Sprich mit Lehrern, Freunden oder deinen Eltern über das, was dich belastet. Oftmals können sie hilfreiche Ratschläge geben oder dich zumindest wissen lassen, dass du nicht allein durch diese Herausforderungen gehst.

Während du hart für deine schulischen Ziele arbeitest, ist es wichtig, auf dich selbst aufzupassen. Achte auf ausreichenden Schlaf, eine gesunde Ernährung und genug Bewegung. Wenn du dich gestresst fühlst, nimm dir Zeit für Dinge, die dich entspannen - sei es Musik hören, lesen oder Zeit mit Freunden verbringen.

Denke daran, dass du stärker bist, als du denkst. Schulstress mag intensiv sein, aber du hast die Fähigkeiten, damit umzugehen und erfolgreich zu sein. Mit Strategien zur Stressbewältigung und einem klaren Verstand wirst du die Schulzeit meistern und dich auf die positiven Aspekte des Lernens konzentrieren können.

2.2. ERFOLGREICHES LERNEN: TIPPS UND STRATEGIEN FÜR DEINEN BILDUNGSWEG

Ob du für Tests, Prüfungen oder einfach nur zum Spaß lernst - ich habe einige bewährte Lerntipps und Strategien für dich, um das Beste aus deinem Lernerlebnis herauszuholen.

Passives Auswendiglernen ist langweilig und oft ineffektiv. Versuche stattdessen, aktiv in den Lernprozess einzusteigen. Mache Notizen, stelle Fragen und diskutiere das Gelernte mit anderen. Wenn du aktiv bist, bleibt das Wissen besser in deinem Gedächtnis haften.

Statt einfach Informationen auswendig zu lernen, versuche, sie zu verstehen. Wenn du den Kontext und die Zusammenhänge begreifst, wirst du das Gelernte leichter behalten. Erkläre dir selbst die Konzepte in eigenen Worten - wenn du es erklären kannst, hast du es verstanden.

Nutze deine Kreativität, um Informationen zu visualisieren. Erstelle Mindmaps, Zeichnungen oder Diagramme, um komplexe Ideen aufzuschlüsseln. Visuelle Darstellungen helfen nicht nur beim Verständnis, sondern machen das Lernen auch interessanter.

Variiere deine Lernmethoden. Wechsle zwischen Lesen, Schreiben, Zuhören und Diskutieren. Wenn du verschiedene Sinne einsetzt, bleibt das Gelernte besser haften. Beweg dich während des Lernens, sei es beim Gehen oder Zeichnen, um deine Aufmerksamkeit zu steigern.

Dein Gehirn braucht Zeit zum Verarbeiten. Plane regelmäßige Pausen während des Lernens ein. Geh spazieren, mach ein paar Dehnübungen oder höre Musik. Diese Pausen helfen dir, dich zu erholen und effizienter zu lernen.

Teste dein Wissen regelmäßig. Stelle dir selbst Fragen zu den gelernten Inhalten und überprüfe, wie viel du davon behalten hast. Das fördert das Abrufen von Informationen und zeigt dir, welche Bereiche du noch vertiefen solltest.

Mach das Lernen zu einer positiven Erfahrung. Finde Themen, die dich interessieren, und verbinde sie mit deinen persönlichen Interessen. Je mehr Spaß du am Lernen hast, desto motivierter wirst du sein, Neues zu entdecken.

Denke daran, dass es keine universelle Lernstrategie gibt – finde heraus, welche Methoden für dich am besten funktionieren. Deine Bildungsreise ist ein Abenteuer, bei dem du stetig wächst und entdeckst. Nutze diese Lerntipps, um dein Wissen zu erweitern und dich auf eine spannende Reise des Lernens zu begeben.

2.3. ZEIT JONGLIEREN: WIE DU SCHULE, HOBBYS UND FREIZEIT BALANCIERST

Du bist der Regisseur deiner Zeiteinteilung! Zwischen Schulprojekten, Aktivitäten und der Sehnsucht nach Freizeit kann es schwierig sein, den Überblick zu behalten. Aber keine Sorge, ich habe ein paar Strategien für dich, um deine Zeit zu optimieren und alles unter einen Hut zu bekommen.

Ein organisierter Tagesplan ist dein bester Freund. Beginne damit, eine Liste deiner Verpflichtungen zu erstellen. Notiere deine Unterrichtszeiten, Aktivitäten nach der Schule und auch die Zeiten, in denen du

dich entspannen möchtest. Ein visueller Zeitplan gibt dir einen klaren Überblick über deine Zeitressourcen.
Priorisieren ist der Schlüssel. Erkenne, welche Aufgaben dringend erledigt werden müssen und welche flexibler sind. Setze klare Ziele für den Tag und teile sie in kleinere Schritte auf. Auf diese Weise kannst du dich auf das Wesentliche konzentrieren und Verzögerungen minimieren.
Nutze Technologie, um dich zu organisieren. Kalender-Apps oder To-do-Listen-Apps können dir helfen, den Überblick zu behalten. Setze Erinnerungen für wichtige Aufgaben und erstelle wöchentliche Pläne, um sicherzustellen, dass du nichts Wichtiges vergisst.
Vermeide Multitasking, denn es kann dich mehr Zeit kosten, als es spart. Konzentriere dich auf eine Aufgabe und arbeite sie ab, bevor du zur nächsten übergehst. Du wirst feststellen, dass du schneller und effizienter arbeitest.

Plane Pausen ein! Regelmäßige kurze Pausen während des Lernens oder der Arbeit können Wunder wirken. Steh auf, bewege dich, trinke etwas Wasser – das hilft, deine Konzentration aufrechtzuerhalten und Müdigkeit zu reduzieren.

Flexibilität ist der Schlüssel zur Anpassung. Manchmal wird dein Zeitplan nicht wie geplant verlaufen. Lerne, Anpassungen vorzunehmen, ohne dich gestresst zu fühlen. Ein flexibler Ansatz ermöglicht es dir, auf unvorhergesehene Ereignisse zu reagieren.

Letztendlich geht es beim Zeitmanagement darum, deine Zeit bewusst zu nutzen und die Balance zwischen Schule, Aktivitäten und Freizeit zu finden. Indem du deine Zeit effektiv planst, kannst du nicht nur deine Verpflichtungen erfüllen, sondern auch Zeit für Dinge finden, die dir Freude bereiten.

Denke daran, dass du der Kapitän deiner Zeit bist – lenke sie in Richtung Erfolg und Ausgeglichenheit.

2.4. DEIN LEBEN, DEIN TEMPO: SO GEHST DU MIT DRUCK UND ERWARTUNGEN UM

Wir wissen, dass der Druck von Schule, Eltern, Freunden und dir selbst manchmal erdrückend sein kann. Aber halt mal die Luft an – du hast die Kontrolle! Ich möchte dir einige Tipps mitgeben, wie du den Leistungsdruck aushalten und mit den hohen Erwartungen umgehen kannst.

Atme tief ein und aus. Der erste Schritt, um mit Druck umzugehen, ist, dich zu beruhigen. Wenn du merkst, dass der Stress steigt, nimm dir einen Moment, um tief durchzuatmen. Das hilft, deine Gedanken zu klären und Stress abzubauen.

Setze realistische Ziele. Ja, du kannst hohe Ziele haben, aber stelle sicher, dass sie erreichbar sind. Du musst nicht perfekt sein, um erfolgreich zu sein. Setze dir Ziele, die dich herausfordern, aber trotzdem machbar sind.

Vergleiche dich nicht ständig mit anderen. Jeder hat seine eigene Reise und Zeit. Konzentriere dich darauf, deine eigenen Fortschritte zu verfolgen, statt dich ständig mit anderen zu vergleichen. Dein Weg ist einzigartig und du machst großartige Fortschritte, die du feiern kannst.

Sprich mit jemandem darüber, wenn der Druck zu viel wird. Teile deine Gefühle mit einem Freund, einem Familienmitglied oder einem Lehrer. Du wirst überrascht sein, wie viele Menschen bereit sind, zuzuhören und dir zu helfen.

Pausen sind kein Zeichen von Schwäche. Pausen sind genauso wichtig wie die Arbeit selbst. Einen Gang herunterzuschalten, sich auszuruhen und Spaß zu haben, ist essenziell für deine geistige Gesundheit. Das Aufladen deiner Batterien wird dir helfen, produktiver und entspannter zu sein.

Erkenne deine Fortschritte an. Feiere die Meilensteine, die du erreichst, egal wie klein sie auch sein mögen. Das Erkennen deiner Fortschritte erinnert dich daran, wie weit du gekommen bist, und motiviert dich, weiterzumachen.

Denk daran, dass du mehr bist als deine Leistungen. Du bist ein einzigartiger Mensch mit vielen Facetten, Talenten und Interessen. Dein Wert hängt nicht davon ab, wie gut du in der Schule oder in anderen Bereichen abschneidest. Du bist großartig, unabhängig von Ergebnissen.

Die Bewältigung von Leistungsdruck und Erwartungen ist eine Reise, die Zeit und Übung erfordert. Indem du diese Tipps anwendest und an dich selbst glaubst, wirst du lernen, mit dem Druck umzugehen und deine eigene Definition von Erfolg zu schaffen. Du hast die Kraft, dich selbst zu stärken und deinen eigenen Weg zu gehen.

3. TRAUMBERUFE ODER TRAUMSTUDIUM ENTDECKEN

FINDE DEINEN WEG IN DIE ZUKUNFT

3.1. ENTDECKE SPANNENDE BERUFSWELTEN

Wir wissen, dass es überwältigend sein kann, sich in diesem Meer von Berufsfeldern zurechtzufinden. Aber keine Sorge, ich begleite dich auf deiner Reise, um Möglichkeiten zu erkunden und den richtigen Weg für dich zu finden.

Die Reise beginnt mit Selbstentdeckung. Frage dich, was dich begeistert, welche Fähigkeiten du besitzt und welche Interessen dich antreiben. Identifiziere deine Stärken, Leidenschaften und Werte. Das wird dir helfen, Berufsfelder zu finden, die zu deiner Persönlichkeit passen.

Sprich mit Menschen aus verschiedenen Berufen. Interviews mit Fachleuten geben dir Einblicke in den Arbeitsalltag, die Anforderungen und die Belohnungen verschiedener Berufe. Lass dir von ihren Erfahrungen erzählen, um ein klareres Bild von den Berufsmöglichkeiten zu bekommen.

Nutze Praktika und Job-Schnuppermöglichkeiten. Praktika bieten dir die Möglichkeit, Berufe aus erster Hand zu erleben. Sie ermöglichen es dir, in den Alltag eines bestimmten Berufs hineinzuschnuppern und zu sehen, ob er zu dir passt.

Erkunde Bildungswege und Anforderungen. Verschiedene Berufe erfordern unterschiedliche Bildungswege. Informiere dich über die Bildung und Qualifikationen, die du für die von dir gewählten Berufe benötigst. Das wird dir helfen, die notwendigen Schritte zu planen.

Hab keine Angst vor Veränderung. Deine Interessen und Ziele können im Laufe der Zeit wechseln. Sei offen für neue Möglichkeiten und bereit, dich an Veränderungen anzupassen. Es ist völlig in Ordnung, wenn du deinen Kurs nachjustierst, um deinen Träumen gerecht zu werden.

Experimentiere mit neuen Dingen. Manchmal entdeckst du deine Leidenschaften, wenn du dich auf Neues einlässt. Probiere verschiedene Aktivitäten, Kurse oder Projekte aus, um herauszufinden, was dir Freude bereitet.

Denke daran, dass du nicht sofort alle Antworten haben musst. Die Erkundung von Karrieremöglichkeiten ist eine aufregende Reise, die Zeit, Geduld und Selbstreflexion erfordert. Sei mutig, sei neugierig und vertraue darauf, dass du deinen Weg finden wirst. Die Welt der Karrieremöglichkeiten ist vielfältig und wartet darauf, von dir erkundet zu werden.

3.2. BEEINDRUCKE MIT DEINEM LEBENSLAUF: TIPPS FÜR EINE ÜBERZEUGENDE DARSTELLUNG

Ein gut gestalteter Lebenslauf kann Türen öffnen und potenzielle Arbeitgeber beeindrucken. Aber wie erstellt man einen Lebenslauf, der hervorsticht? Hier sind einige Tipps für dich, um einen überzeugenden Lebenslauf zu erstellen.

Beginnen wir mit dem Grundlegenden: Ein Lebenslauf sollte klar und präzise sein. Fasse deine Informationen auf eine Weise zusammen, die leicht zu lesen ist. Verwende klare Abschnitte für Kontaktinformationen, berufliche Zusammenfassung, Bildung, Berufserfahrung, Fähigkeiten und andere relevante Details.

Betonen deine Stärken. Dein Lebenslauf ist deine Bühne, um deine Fähigkeiten und Qualifikationen hervorzuheben. Nutze die berufliche Zusammenfassung, um deine wichtigsten Stärken und Erfahrungen zu präsentieren. Zeige, wie deine Fähigkeiten zu den Anforderungen der Position passen.

Quantifiziere deine Erfolge. Statt nur Aufgaben aufzulisten, betone deine beruflichen Erfolge. Verwende konkrete Zahlen und Beispiele, um zu zeigen, wie du positive Ergebnisse erzielt hast. Das macht deine Erfahrungen greifbar und beeindruckend.

Passe deinen Lebenslauf an. Jeder Job ist anders, daher sollte dein

Lebenslauf an die spezifischen Anforderungen der Stelle angepasst werden. Betone die Fähigkeiten und Erfahrungen, die für die Position relevant sind, und lasse irrelevante Informationen weg.
Halte es aktuell. Ein veralteter Lebenslauf kann dich behindern. Stelle sicher, dass du deine neuesten beruflichen Erfahrungen, Fähigkeiten und Qualifikationen aufnimmst. Lösche veraltete Informationen, um Platz für wichtige Details zu schaffen.
Halte es professionell. Dein Lebenslauf ist deine Visitenkarte. Vermeide Slang, informelle Sprache oder unnötige Details. Achte auf Rechtschreibung und Grammatik und verwende eine klare, leicht lesbare Schriftart.
Zeige deine Persönlichkeit. Obwohl dein Lebenslauf professionell sein sollte, kannst du dennoch deine Persönlichkeit durchschimmern lassen. Betone Interessen und Aktivitäten, die zu deiner beruflichen Identität passen.

Denke daran, dass dein Lebenslauf deine Geschichte erzählt und die erste Gelegenheit ist, potenzielle Arbeitgeber zu beeindrucken. Indem du diese Tipps anwendest und deinen Lebenslauf auf das Wesentliche fokussierst, wirst du einen Lebenslauf erstellen, der deine Qualifikationen und Erfahrungen auf beeindruckende Weise präsentiert. Dein Lebenslauf ist dein Ticket für zukünftige Gelegenheiten – also mache ihn zu einem starken ersten Eindruck!

3.3. ZEIG, WAS DU DRAUFHAST: VORSTELLUNGSGESPRÄCHSFÄHIGKEITEN, DIE ÜBERZEUGEN

Ein Vorstellungsgespräch ist deine Chance, deine Persönlichkeit, Fähigkeiten und Qualifikationen zu zeigen. Aber wie überzeugst du dein zukünftiges Team? Hier sind einige Tipps, um deine Vorstellungsgesprächsfähigkeiten auf Vordermann zu bringen.

Vorbereitung ist der Schlüssel. Recherchiere das Unternehmen, die Position und den Interviewer. Je besser du vorbereitet bist, desto selbstbewusster wirst du auftreten. Verstehe die Unternehmenskultur und die Anforderungen der Stelle, um relevante Beispiele aus deiner Erfahrung zu nennen.

Behalte deine Erfolgsgeschichten im Kopf. Du wirst wahrscheinlich nach Beispielen aus deiner beruflichen Vergangenheit gefragt. Bereite dich auf Fragen vor, die nach Situationen verlangen, in denen du Herausforderungen gemeistert oder Ergebnisse erzielt hast.

Betonen deine Soft Skills. Soft Skills wie Kommunikation, Teamarbeit oder Problemlösung sind genauso wichtig wie technische Fähigkeiten. Zeige, wie du diese Fähigkeiten in deiner beruflichen Laufbahn eingesetzt hast und wie sie dir helfen können, im neuen Job erfolgreich zu sein.

Sei authentisch. Zeige deine wahre Persönlichkeit im Gespräch. Interviewer wollen wissen, wer du bist und wie du ins Team passt. Sei ehrlich bezüglich deiner Stärken und Schwächen und betone, wie du an ihnen arbeitest.

Stelle auch Fragen. Ein Vorstellungsgespräch funktioniert in beide Richtungen. Stelle Fragen über das Unternehmen, die Position und die Teamdynamik. Das zeigt dein Interesse und hilft dir, zu entscheiden, ob der Job zu dir passt.

Bewahre Ruhe. Nervosität ist normal, aber versuche, ruhig zu bleiben. Atme tief durch und nimm dir Zeit, um auf Fragen zu antworten. Denke daran, dass das Interview eine Gelegenheit ist, sich gegenseitig kennenzulernen.

Nach dem Interview bedanke dich für die Gelegenheit und zeige weiterhin Interesse an der Position. Eine Dankes-E-Mail kann einen positiven Eindruck hinterlassen.

Denke daran, dass ein Vorstellungsgespräch deine Bühne ist, um deine besten Seiten zu zeigen. Indem du dich gut vorbereitest, Selbstvertrauen zeigst und deine Fähigkeiten präsentierst, wirst du eine positive und bleibende Wirkung auf die Interviewer hinterlassen. Deine Vorstellungsgesprächsfähigkeiten sind wie ein Spotlight, das deine Professionalität und Persönlichkeit zum Strahlen bringt.

3.4. DEINE BILDUNGSREISE: ENTDECKE VIELFÄLTIGE STUDIENMÖGLICHKEITEN

Das Studium ist eine aufregende Reise, bei der du dich in ein Fachgebiet vertiefst, das dich begeistert. Aber wie findest du das richtige Studium für dich? Hier sind einige Tipps, um deine Studienmöglichkeiten zu erkunden und die beste Wahl zu treffen.

Selbstentdeckung ist der erste Schritt. Überlege, welche Interessen, Leidenschaften und Fähigkeiten du hast. Welche Themen fesseln dich und wecken deine Neugier? Deine Studienwahl sollte zu deinen individuellen Vorlieben passen.

Erkunde verschiedene Fachgebiete. Die Welt der Studienmöglichkeiten ist breit gefächert. Informiere dich über verschiedene Fächer, von den klassischen bis hin zu neuen, aufstrebenden Bereichen. Du wirst überrascht sein, welche interessanten Optionen es gibt.

Spreche mit Studierenden und Fachleuten. Unterhalte dich mit Menschen, die bereits in den von dir gewählten Bereichen studieren oder arbeiten. Ihre Erfahrungen können dir Einblicke in den Studienverlauf, die Herausforderungen und die Vorteile geben.

Nutze Online-Ressourcen. Das Internet ist eine Schatzkiste voller Informationen über Studienmöglichkeiten. Recherchiere Studiengänge, Universitäten und Karrierewege. Du kannst auch an virtuellen Messen oder Infoveranstaltungen teilnehmen, um mehr zu erfahren.

Bedenke die Zukunftsperspektiven. Denke darüber nach, wie die Studienwahl zu deinen beruflichen Zielen passt. Welche Karrierechancen bietet das gewählte Fachgebiet? Eine Kombination aus Leidenschaft und Perspektiven ist der ideale Weg.

Erkunde verschiedene Studiengänge. Überlege, ob du einen Bachelor, Master oder PhD anstreben möchtest. Studiengänge unterscheiden sich in Schwerpunkten und Dauer. Finde heraus, was zu deinen Zielen passt.

Bedenke die Studienorte. Überlege dir, ob du in deinem Heimatland oder im Ausland studieren möchtest. Unterschiedliche Universitäten und Standorte bieten verschiedene Erfahrungen und kulturelle Einflüsse.

Erkenne, dass deine Studienwahl eine wichtige Entscheidung ist, die deine zukünftige Bildung und Karriere beeinflusst. Indem du dich gründlich informierst, verschiedene Optionen erkundest und dich mit deinen Interessen auseinandersetzt, wirst du die richtige Wahl treffen. Denke daran, dass diese Reise der Bildung deine Leidenschaften und Potenziale zum Blühen bringen wird.

4. SMART MIT GELD UMGEHEN

DEIN GUIDE FÜR DIE FINANZIELLEN GRUNDLAGEN

4.1. TASCHENGELD UND FINANZIELLE VERANTWORTUNG FÜR TEENAGER

Taschengeld ist mehr als nur ein paar Scheine – es ist eine Gelegenheit für dich, finanzielle Verantwortung zu lernen und zu üben. Taschengeld gibt dir die Möglichkeit, erste Schritte in der Welt des Geldmanagements zu machen. Es lehrt dich, wie du dein Geld aufteilst, es für Dinge ausgibst, die dir wichtig sind, und gleichzeitig für zukünftige Ausgaben sparst.

Es ist wichtig, einen Plan für dein Taschengeld zu haben. Teile es in verschiedene Kategorien auf: Sparen für besondere Dinge, Ausgaben für deine persönlichen Bedürfnisse und vielleicht sogar für wohltätige Zwecke. Dadurch lernst du, wie du Prioritäten setzt und bewusste Entscheidungen triffst.

Taschengeld ist auch eine Gelegenheit, über Wünsche und Bedürfnisse nachzudenken. Bevor du dein Geld ausgibst, frage dich, ob es wirklich notwendig ist. Das hilft dir, unnötige Ausgaben zu vermeiden und bewusster mit deinem Geld umzugehen.

Dein Taschengeld ist eine Lernchance. Wenn du überlegst, wie du es am besten nutzt, lernst du grundlegende Finanzkompetenzen wie Budgetierung, Sparen und Abwägen von Optionen.

> Denke daran, dass Taschengeld eine Brücke zur finanziellen Selbstständigkeit ist. Indem du kluge Entscheidungen darüber triffst, wie du es verwendest, wirst du wichtige Fähigkeiten für dein zukünftiges Leben entwickeln. Du wirst feststellen, dass Taschengeld nicht nur Geld ist, sondern eine Möglichkeit, finanzielle Weisheit zu erlangen.

4.2. SPARTIPPS: CLEVER PLANEN, SINNVOLL SPAREN

Es klingt vielleicht nicht so aufregend, aber diese Fähigkeiten werden dich auf eine finanziell gesunde Reise mitnehmen. Hier sind einige Tipps, wie du dein Geld klug verwalten und gleichzeitig deine Träume verwirklichen kannst.

Lass uns mit der Budgetierung beginnen: Ein Budget ist wie eine Karte für deine Finanzen. Notiere deine monatlichen Einnahmen und Ausgaben. Das hilft dir, zu sehen, wohin dein Geld fließt, und ermöglicht es dir, deine Finanzen effizienter zu steuern.

Priorisieren ist der Schlüssel. Setze deine Grundbedürfnisse wie Essen, Kleidung und Bildung an die Spitze deiner Ausgabenliste. Dadurch bleibst du finanziell stabil und vermeidest unnötigen Stress.

Smartes Einkaufen ist eine Kunst. Bevor du kaufst, überlege, ob es wirklich notwendig ist. Vermeide Impulskäufe und vergleiche Preise, um das Beste aus deinem Geld herauszuholen. Es ist erstaunlich, wie viel du sparen kannst, wenn du bewusster einkaufst.

Starte ein Sparziel. Spare regelmäßig einen Teil deiner Einnahmen. Du wirst überrascht sein, wie schnell sich das summiert. Ob es um zukünftige Ausgaben oder größere Ziele geht: Ein Sparziel ist ein großer Schritt in Richtung finanzieller Sicherheit.

Schulden vermeiden wie ein Profi: Kredite und Schulden können dich in Schwierigkeiten bringen. Nutze sie mit Bedacht und zahle sie rechtzeitig zurück. Je weniger Schulden du hast, desto mehr Freiheit hast du.

Investiere in die Zukunft. Überlege langfristig und investiere in deine Bildung. Je mehr du über Finanzen und Investitionen lernst, desto besser wirst du darin, dein Geld für dich arbeiten zu lassen.

Geduld ist eine Tugend. Finanzieller Erfolg kommt nicht über Nacht. Setze realistische Ziele und arbeite kontinuierlich daran. Die Zeit ist dein Verbündeter auf dem Weg zu einem gesunden finanziellen Leben.

Budgetierung und Sparen sind mächtige Werkzeuge für deine finanzielle Freiheit. Wenn du diese Fähigkeiten meisterst, wirst du in der Lage sein, deine Ziele zu erreichen und gleichzeitig finanzielle Stabilität zu genießen.

Denke daran, dass deine finanzielle Gesundheit in deinen Händen liegt. Du hast die Möglichkeit, deine finanzielle Zukunft zu gestalten.

4.3. GELDGEPLÄNKEL VERSTEHEN: WIE FUNKTIONIEREN KREDITE, SCHULDEN UND ZINSEN

Diese Begriffe mögen zunächst kompliziert klingen, aber ich werde sie für dich entmystifizieren und dir helfen, das Grundkonzept dahinter zu verstehen.

Lass uns mit dem Kredit beginnen: Ein Kredit ist im Wesentlichen eine Möglichkeit, Geld auszuleihen, das du später zurückzahlen musst. Kredite können nützlich sein, wenn du große Ausgaben tätigen möchtest, wie z. B. für eine höhere Bildung oder ein Auto. Aber sei vorsichtig: Kredite müssen zurückgezahlt werden, oft mit zusätzlichen Kosten in Form von Zinsen.

Und das bringt uns zu den Zinsen. Zinsen sind Gebühren, die du für die Nutzung des geliehenen Geldes zahlst. Wenn du einen Kredit aufnimmst, zahlst du nicht nur den geliehenen Betrag zurück, sondern auch eine zusätzliche Summe - die Zinsen - als *Gebühr* für die Zeit, die du das Geld nutzt.

Nicht alle Schulden sind schlecht, aber du solltest sie klug verwalten. Vermeide es, mehr Schulden aufzunehmen, als du dir leisten kannst.

Schulden können sich summieren und hohe Schulden können deine finanzielle Freiheit einschränken. Achte darauf, nur für Dinge Kredite aufzunehmen, die einen echten Mehrwert für dich bringen.

Denke daran, dass Finanzwissen ein mächtiges Werkzeug ist, um deine finanzielle Zukunft zu gestalten. Indem du Kredit, Schulden und Zinsen verstehst, kannst du kluge finanzielle Entscheidungen treffen und unnötige Kosten vermeiden. Dein Verständnis dieser Grundlagen wird dir helfen, deine finanzielle Reise auf festen Boden zu stellen und die Kontrolle über deine Finanzen zu übernehmen.

4.4. MINIJOBS UND DAS GEHEIMNIS DES SPARENS

Was sind Minijobs? Minijobs sind Teilzeitarbeitsmöglichkeiten, die oft für begrenzte Stunden pro Woche oder Monat angeboten werden. Sie sind ideal für Schüler und Studierende, um Arbeitserfahrung zu sammeln, ohne sich gleichzeitig übermäßig zu belasten. Sie können in verschiedenen Bereichen wie Einzelhandel, Gastronomie, Nachhilfe oder Büroarbeit zu finden sein.
Wie finde ich einen Minijob? Schaue online in Jobportalen, in sozialen Medien oder an Schwarzen Brettern in deiner Gemeinde nach. Frage auch in deinem Bekanntenkreis, ob jemand von Jobmöglichkeiten weiß. Präsentiere dich mit einem gut gestalteten Lebenslauf und betone deine Qualifikationen und Verfügbarkeit.
Warum sind Minijobs großartig fürs Sparen? Indem du einen Minijob annimmst, erhöhst du nicht nur dein Einkommen, sondern hast auch mehr Geld, das du für deine Sparziele verwenden kannst. Diese zusätzlichen Einnahmen können dir helfen, schneller auf

größere Ziele hinzuarbeiten, sei es ein besonderer Kauf, eine Reise oder sogar für langfristigere finanzielle Sicherheit.
Sparstrategien für Minijob-Einkommen: Teile dein Einkommen in festgelegte Kategorien auf, wie Sparen, Ausgaben und Freizeitaktivitäten. Bestimme einen Prozentsatz, den du automatisch von deinem Minijob-Einkommen auf dein Sparkonto überweist. So schaffst du eine Gewohnheit des Sparens, bevor du in Versuchung kommst, das Geld anders auszugeben.
Denke langfristig: Minijobs sind nicht nur eine Möglichkeit, zusätzliches Geld zu verdienen, sondern auch eine Gelegenheit, wertvolle Fähigkeiten und Arbeitsgewohnheiten zu entwickeln. Deine Erfahrungen in Minijobs werden dich auf deinem beruflichen Weg unterstützen.

Indem du Minijobs in Betracht ziehst und klug mit deinem verdienten Geld umgehst, kannst du nicht nur wertvolle Arbeitserfahrung sammeln, sondern auch deine finanziellen Ziele schneller erreichen.

> Denke daran, dass jeder zusätzliche Euro, den du verdienst und sparst, ein Schritt näher an deine finanzielle Unabhängigkeit ist.

4.5. VON TASCHENGELD ZU VERMÖGEN: STRATEGIEN FÜR FINANZIELLEN ERFOLG

Lass uns mit Investitionen beginnen. Eine Investition ist wie das Pflanzen eines Samens, aus dem ein Baum des finanziellen Wohlstands wachsen kann. Du legst Geld in etwas an, das im Laufe der Zeit an Wert gewinnt, seien es Aktien, Immobilien oder andere

Anlagen. Obwohl Investieren mit Risiken verbunden ist, kann es dir langfristig helfen, dein Vermögen zu vermehren.
Verstehe die verschiedenen Arten von Investitionen. Es gibt Aktien, die dir einen Anteil an einem Unternehmen geben, und Anleihen, die eine Art von Schuldschein darstellen. Immobilieninvestitionen können auch rentabel sein. Lerne über diese Optionen und entscheide, welche zu deinen Zielen passt.
Diversifikation ist der Schlüssel. Lege nicht all deine Eier in einen Korb. Eine clevere Strategie besteht darin, dein Geld auf verschiedene Investitionen zu verteilen. Dadurch minimierst du das Risiko, dass du alles verlierst, wenn eine Investition nicht wie geplant funktioniert.
Denke langfristig. Investieren ist kein schneller Weg zu Reichtum. Es erfordert Geduld und die Bereitschaft, dein Geld über Jahre hinweg arbeiten zu lassen. Langfristige Investitionen haben jedoch das Potenzial, erheblich zu wachsen.
Verstehe, dass Wissen Macht ist. Bevor du investierst, lerne das Nötige über die Märkte, die von Interesse sind. Verstehe die Trends, die Risiken und die potenziellen Belohnungen. Je mehr du weißt, desto fundiertere Entscheidungen kannst du treffen.

Der Aufbau von Vermögen erfordert Zeit und Disziplin. Spare regelmäßig und investiere klug, um dein Geld für dich arbeiten zu lassen.

Denke daran, dass Investitionen ein Weg sind, um deine finanziellen Ziele zu erreichen und die finanzielle Zukunft zu gestalten, die du dir wünschst. Deine Entscheidungen heute werden die Früchte von morgen beeinflussen.

5. KRAFT DER KLAREN VERSTÄNDIGUNG –

KOMMUNIZIEREN WIE EIN PROFI

5.1. KONFLIKTE MEISTERN: STREITEN UND LÖSUNGSFINDUNG

Konflikte sind unvermeidlich, aber sie können auch Gelegenheiten für Wachstum und Stärkung von Beziehungen sein, wenn wir sie richtig angehen.

Der erste Schritt im Umgang mit Konflikten ist das Erkennen und Verstehen. Lerne, Konfliktsituationen frühzeitig zu erkennen, bevor sie sich verschlimmern. Zu verstehen, was die zugrunde liegenden Probleme sind, ermöglicht es dir, gezielt daran zu arbeiten.

Emotionen spielen eine Rolle. In einer konfliktreichen Situation können Emotionen hochkochen. Das ist normal. Aber es ist wichtig, ruhig zu bleiben und sich nicht von Wut oder Frustration überwältigen zu lassen. Atme tief durch und versuche, rational zu bleiben.

Verwende Ich-Aussagen, wenn du deine Sichtweise teilst, um deine Gefühle und Gedanken klar zu kommunizieren. Zum Beispiel: *Ich fühle mich verletzt, wenn das passiert.* Das hilft, den Fokus auf die Situation zu legen, anstatt den anderen zu beschuldigen.

Höre aktiv zu. Verstehe die Sichtweise der anderen Person, indem du aktiv zuhörst und ihre Gedanken und Gefühle respektierst. Zeige Interesse und stelle Fragen, um sicherzustellen, dass du ihre Perspektive wirklich verstehst.

Fokussiere auf Lösungen. Statt sich auf vergangene Fehler zu konzentrieren, arbeite gemeinsam daran, wie ihr das Problem lösen könnt. Brainstorming kann helfen, neue Wege zu finden, um Kompromisse zu erzielen, die für alle Beteiligten akzeptabel sind.

Kompromissbereitschaft ist entscheidend. Du musst nicht immer gewinnen. Ein erfolgreicher Konflikt endet oft mit einem Kompromiss, bei dem beide Parteien etwas opfern, um gemeinsam eine Lösung zu finden.

Denke langfristig. Die Art und Weise, wie du mit Konflikten umgehst, kann langfristige Auswirkungen auf Beziehungen haben.

Konstruktive Streitfähigkeiten stärken nicht nur deine zwischenmenschlichen Verbindungen, sondern helfen dir auch, in vielen Lebensbereichen erfolgreicher zu sein.

Die Fähigkeit, Konflikte konstruktiv anzugehen, ist ein wertvolles Werkzeug in deinem Lebenswerkzeugkasten. Indem du lernst, wie du Konflikte löst und dabei Respekt und Empathie bewahrst, wirst du Beziehungen aufbauen, die auf Verständnis und Zusammenarbeit basieren.

Denke daran, dass Konflikte Gelegenheiten sind, zu wachsen und stärker zu werden, während du gleichzeitig zu harmonischen Lösungen gelangst.

5.2. EMPATHISCHES ZUHÖREN: DIE KUNST DER VERBINDUNG UND VERSTÄNDIGUNG

Aktives Zuhören geht über das einfache Hören von Worten hinaus. Es bedeutet, präsent zu sein und deine volle Aufmerksamkeit der Person zu schenken, die mit dir spricht. Schalte Ablenkungen aus und konzentriere dich darauf, was gesagt wird.
Empathie ist die Fähigkeit, sich in die Gefühle und Perspektiven anderer hineinzuversetzen. Wenn du empathisch bist, versuchst du nicht nur zu verstehen, was die andere Person sagt, sondern auch, wie sie sich dabei fühlt. Das schafft eine tiefere Verbindung.
Um aktiv zuzuhören, lass die andere Person ausreden, bevor du reagierst. Unterbrich nicht und warte geduldig, bis sie fertig ist. Dadurch

zeigst du Respekt und gibst ihr Raum, ihre Gedanken auszudrücken. Stelle Fragen, um Klarheit zu bekommen und Interesse zu zeigen. Frag nach, wenn du etwas nicht verstehst, oder ermutige die Person, mehr über ihre Gedanken und Gefühle zu erzählen. Das signalisiert, dass du wirklich interessiert bist.
Zeige Verständnis und Bestätigung. Nimm nicht nur die Worte auf, sondern reagiere auf die Gefühle dahinter. Sätze wie *Das muss wirklich schwer für dich gewesen sein* oder *Ich kann mir vorstellen, wie du dich gefühlt hast* zeigen Empathie und Verständnis.
Vermeide Ratschläge oder Meinungen, es sei denn, sie werden ausdrücklich erbeten. Oft suchen Menschen einfach jemanden, der ihnen zuhört, ohne sofort eine Lösung anzubieten. Manchmal ist deine Anwesenheit und deine Fähigkeit, zuzuhören, die größte Hilfe. Empathisches Zuhören kann Beziehungen stärken und Missverständnisse minimieren. Es zeigt, dass du wirklich an den Gedanken und Gefühlen anderer interessiert bist, und schafft ein Klima des Vertrauens und der Offenheit.

Indem du diese Fähigkeiten in dein Kommunikationsarsenal aufnimmst, wirst du ein Meister der Verbindung und Verständigung. Du wirst nicht nur besser verstehen, was andere Menschen bewegt, sondern auch in der Lage sein, Beziehungen aufzubauen, die auf echtem Verständnis und Respekt basieren.

Denke daran, dass aktives Zuhören und Empathie nicht nur Worte sind, sondern Werkzeuge, die deine zwischenmenschlichen Beziehungen auf ein neues Level heben können.

5.3. DIE SPRACHE DES KÖRPERS: NONVERBALE KOMMUNIKATION UND KÖRPERSPRACHE

Wusstest du, dass unser Körper oft mehr sagt als Worte? Lass uns erkunden, wie du die geheimnisvolle Sprache deines Körpers entschlüsseln und nutzen kannst.

Nonverbale Kommunikation bezieht sich auf die Art und Weise, wie wir Botschaften über unsere Mimik, Gestik, Haltung und andere Körperbewegungen übertragen. Oft drücken wir Emotionen und Gedanken unbewusst durch unsere Körpersprache aus.

Deine Gesichtsausdrücke sind wie ein Fenster in deine Gefühle. Ein Lächeln kann Freude oder Freundlichkeit zeigen, während eine hochgezogene Augenbraue Verwirrung oder Skepsis ausdrücken kann. Achte darauf, wie deine Mimik die Worte, die du sprichst, ergänzt oder widerspiegelt.

Gestikulieren kann deine Worte verstärken. Die Art und Weise, wie du deine Hände bewegst, kann deine Botschaft betonen oder verdeutlichen. Aber sei vorsichtig, gesteigerte Gestik kann auch als übertrieben oder unangemessen empfunden werden.

Körperhaltung sagt viel über deine Einstellung aus. Eine aufrechte Haltung signalisiert Selbstvertrauen, während sicheres Auftreten deine Präsenz unterstreicht. Vermeide jedoch eine überhebliche oder abweisende Haltung, die Distanz zwischen dir und anderen schafft.

Augenkontakt ist der Schlüssel zur Verbindung. Wenn du jemandem in die Augen schaust, zeigst du Interesse und Respekt. Aber sei nicht zu intensiv, um nicht unhöflich oder einschüchternd zu wirken.

Die Raumausnutzung kann Machtverhältnisse anzeigen. Je nachdem, wie du den verfügbaren Raum nutzt, kannst du Dominanz, Offenheit oder Zurückhaltung ausdrücken. Achte darauf, wie du dich in verschiedenen Situationen positionierst.

Selbstwahrnehmung ist der erste Schritt zur Verbesserung deiner Körpersprache. Achte bewusst darauf, wie du dich ausdrückst, und versuche, dich in die Lage anderer Menschen zu versetzen. Frage dich, wie deine Körpersprache von anderen interpretiert werden könnte.

Körpersprache zu verstehen und zu meistern ist wie das Lesen eines verborgenen Buchs. Indem du lernst, die subtilen Signale zu erkennen und bewusst zu nutzen, wirst du in der Lage sein, deine Kommunikationsfähigkeiten auf ein neues Niveau zu heben.

Denke daran, dass Worte nur einen Teil der Botschaft vermitteln – deine Körpersprache kann den Unterschied zwischen Missverständnis und erfolgreicher Kommunikation ausmachen.

6. SELBSTFÜRSORGE –

DEIN PERSÖNLICHES WOHLBEFINDEN

6.1. STRESSBEWÄLTIGUNG UND ACHTSAMKEIT: DEIN WEG ZUR INNEREN RUHE

Das Teenagerleben kann hektisch sein, aber du hast die Macht, Stress abzubauen und bewusster zu leben. Lass uns herausfinden, wie du dein inneres Gleichgewicht findest.

Stress ist wie ein ungebetener Gast, der plötzlich auftaucht. Aber du kannst lernen, wie du ihm die Tür vor der Nase zuschlägst. Erkennst du die Zeichen von Stress? Das ist der erste Schritt, um herauszufinden, wann du eine Pause einlegen musst.

Achtsamkeit bedeutet, im Hier und Jetzt zu leben. Statt dich in Vergangenheit oder Zukunft zu verlieren, lernst du, im Moment zu sein. Das hilft, Sorgen und Ängste zu reduzieren. Beginne mit einfachen Dingen wie bewusstem Atmen oder dem Genuss deiner Mahlzeiten ohne Ablenkungen.

Stressbewältigung ist wie ein Werkzeugkasten voller Techniken. Finde heraus, welche Methoden am besten zu dir passen. Vielleicht hilft es dir, ein Tagebuch zu führen, deine Gedanken niederzuschreiben oder mit Freunden zu sprechen. Experimentiere, bis du das findest, was dir wirklich hilft.

Atmen ist eine Superkraft. Wenn der Stress steigt, setze dich hin und konzentriere dich auf deinen Atem. Tiefes Ein- und Ausatmen kann Wunder wirken und deine Gedanken beruhigen.

Bewegung ist ein Stresskiller. Egal, ob du dich für Sport, Yoga oder Spaziergänge begeisterst: Körperliche Aktivität setzt Endorphine frei – Glückshormone, die Stress vertreiben.

Lass nicht zu, dass Stress dich vereinnahmt. Nimm dir Zeit für Dinge, die dir Freude bereiten, sei es Musik hören, ein Buch lesen oder einfach in der Sonne entspannen.

Erlaube dir, Fehler zu machen und nicht perfekt zu sein. Manchmal schaffen wir uns selbst Stress, indem wir unrealistische Erwartungen haben. Sei sanft zu dir selbst und erinnere dich daran, dass du großartig bist, genau so, wie du bist.

Die Kunst der Stressbewältigung und Achtsamkeit erfordert Übung. Indem du diese Techniken anwendest, wirst du lernen, wie du ruhiger mit Herausforderungen umgehen kannst. Du wirst erkennen, dass du die Kontrolle über deine Reaktionen hast und deine mentale und emotionale Stärke stärken kannst.

Denke daran, dass Stressbewältigung und Achtsamkeit nicht nur Werkzeuge sind, um den Alltag zu meistern, sondern auch eine Einladung, das Leben bewusster und erfüllter zu leben.

6.2. POWER FÜR DEINEN KÖRPER: GESUNDE ERNÄHRUNG UND KÖRPERLICHE AKTIVITÄT

Gesunde Ernährung ist der Schlüssel zu einem vitalen Leben. Dein Körper braucht Nährstoffe, um zu wachsen, sich zu entwickeln und richtig zu funktionieren. Achte darauf, eine ausgewogene Mischung aus Obst, Gemüse, Vollkornprodukten, Proteinen und gesunden Fetten zu essen.

Vermeide keine Lebensmittel, sondern finde eine Balance. Es ist wichtig, dich nicht zu sehr auf *verbotene* Lebensmittel zu konzentrieren. Erlaube dir gelegentlich auch etwas Süßes oder Ungesundes, aber achte darauf, dass es Teil einer ausgewogenen Ernährung ist.

Wasser ist dein bester Freund. Dein Körper braucht ausreichend Flüssigkeit, um richtig zu funktionieren. Trinke Wasser, statt

zuckerhaltiger Getränke, und du wirst dich erfrischt und energiegeladen fühlen.
Körperliche Aktivität ist wie Medizin für deinen Körper. Bewegung stärkt nicht nur deine Muskeln, sondern auch dein Herz, deine Lunge und dein Gehirn. Suche nach Aktivitäten, die dir Spaß machen – sei es Sport, Tanzen, Radfahren oder einfach aktive Spiele mit Freunden.
Finde die richtige Balance zwischen Aktivität und Erholung. Überanstrengung kann genauso schädlich sein wie Bewegungsmangel. Achte darauf, deinem Körper ausreichend Zeit zur Erholung zu geben, damit er sich regenerieren kann.
Ernährung und Bewegung gehen Hand in Hand. Dein Körper braucht Energie, um aktiv zu sein, also sorge dafür, dass du dich mit den richtigen Nährstoffen versorgst, um deine Leistungsfähigkeit zu steigern.

Mach dir bewusst, dass es nicht um Perfektion geht, sondern darum, auf deinen Körper zu hören und für ihn zu sorgen. Gesunde Ernährung und körperliche Aktivität sind Investitionen in Gesundheit und Wohlbefinden. Indem du deinen Körper mit den richtigen Nährstoffen versorgst und dich regelmäßig bewegst, wirst du dich nicht nur physisch stärker fühlen, sondern auch mental und emotional ausgeglichener sein.

Denke daran, dass du die Kontrolle über deine Gesundheit hast und kleine Veränderungen große Auswirkungen haben können.

6.3. DEIN GUIDE ZUM UMGANG MIT EMOTIONALEM WOHLBEFINDEN

Als Teenager durchläufst du eine Achterbahn der Gefühle und es ist wichtig zu lernen, wie du deine Emotionen verstehen und gesund damit umgehen kannst.

Emotionen sind wie Farben auf deiner inneren Leinwand. Es ist völlig normal, verschiedene Emotionen zu fühlen - von Freude über Traurigkeit bis zur Wut. Akzeptiere deine Gefühle und erkenne, dass sie dir wichtige Informationen über deine Bedürfnisse geben.

Selbstakzeptanz ist der Schlüssel. Du bist einzigartig und wertvoll, genau so, wie du bist. Akzeptiere dich selbst und umarme deine Stärken und Schwächen. Vergleiche dich nicht ständig mit anderen - du bist auf deiner eigenen Reise.

Emotionale Achterbahnen sind normal. Als Teenager erlebst du viele Veränderungen, physisch und emotional. Es ist okay, wenn du dich manchmal verwirrt oder überwältigt fühlst. Sprich darüber mit Freunden oder Erwachsenen, denen du vertraust.

Kommunikation ist der Schlüssel zur emotionalen Gesundheit. Teile deine Gefühle und Gedanken mit anderen. Das kann dazu beitragen, Missverständnisse zu vermeiden und dich unterstützt zu fühlen.

Finde gesunde Bewältigungsmechanismen. Statt dich in negativen Gewohnheiten wie exzessivem Essen oder Rückzug zu verlieren, finde gesunde Wege, um mit Stress umzugehen. Das können Sport, Musik, Kunst oder einfach nur Zeit in der Natur sein.

Sei freundlich zu dir selbst. Sprich mit dir selbst wie mit einem Freund. Anstatt dich selbst zu kritisieren, ermutige dich selbst und erinnere dich daran, dass Fehler normal sind und zu Wachstum führen.

Übe Achtsamkeit. Achte bewusst auf deine Emotionen und lerne, wie du auf sie reagierst. Achtsamkeit kann helfen, negative Gedankenmuster zu erkennen und dich in die Lage versetzen, bewusstere Entscheidungen zu treffen.

Es ist okay, um Hilfe zu bitten. Wenn du das Gefühl hast, dass deine Emotionen dich überwältigen, suche Unterstützung bei Erwachsenen, Lehrern oder professionellen Beratern.

Emotionales Wohlbefinden ist eine Reise. Indem du lernst, wie du deine Emotionen verstehen und gesund damit umgehen kannst, wirst du in der Lage sein, ein erfülltes und emotionales stabiles Leben zu führen.

Denke daran, dass du die Kontrolle über deine Emotionen hast und kleine Veränderungen große Auswirkungen haben können.

7. ZWISCHENMENSCHLICHE VERBINDUNGEN –

SOZIALE BEZIEHUNGEN

7.1. FREUNDE FÜRS LEBEN: VERBINDUNGEN KNÜPFEN UND PFLEGEN

Freunde sind wie Sterne am Himmel deines Lebens – sie bringen Licht und Freude in deine Tage. Lass uns gemeinsam erkunden, wie du wertvolle Verbindungen aufbaust und sie über die Zeit hinweg pflegst.

Der Aufbau von Freundschaften beginnt mit Offenheit. Sei offen für neue Menschen und gehe auf andere zu. Freundlichkeit und Neugierde sind Schlüssel, um Menschen kennenzulernen und Gemeinsamkeiten zu entdecken.

Gemeinsame Interessen sind ein solides Fundament. Teile deine Hobbys und Leidenschaften mit anderen, denn das schafft Verbindungen. Ob Sport, Musik, Kunst oder Bücher – gemeinsame Aktivitäten schaffen Gesprächsstoff und Erlebnisse.

Kommunikation ist der Schlüssel. Höre aufmerksam zu und teile deine Gedanken und Gefühle. Offene Gespräche helfen, Missverständnisse zu vermeiden und eine tiefere Verbindung herzustellen.

Zeige Empathie und Unterstützung. Sei für deine Freunde da, wenn sie dich brauchen, und biete deine Hilfe an. Empathie zeigt, dass du wirklich aufmerksam und für sie da bist.

Zeit ist das wertvollste Geschenk. Investiere Zeit in deine Freundschaften – sei es durch gemeinsame Aktivitäten, Gespräche oder einfach nur gemütliches Beisammensein. Quality Time stärkt die Bindung.

Respektiere die Individualität. Jeder Mensch ist einzigartig. Respektiere die Unterschiede und akzeptiere deine Freunde so, wie sie sind. Verurteile nicht, sondern unterstütze.

Konflikte gehören dazu. In jeder Freundschaft gibt es mal Meinungsverschiedenheiten. Wichtig ist, diese respektvoll zu lösen und Kompromisse zu finden, um die Beziehung zu stärken.

Pflege deine Freundschaften über die Zeit. Verschwinde nicht, wenn es mal schwierig wird. Zeige Interesse, bleibe in Kontakt und investiere in eure Verbindung.

Freundschaften sind wie Blumen – sie brauchen Pflege, um zu wachsen und zu erblühen. Indem du offen, unterstützend und respektvoll bist, wirst du lang anhaltende Freundschaften aufbauen und pflegen können.

Denke daran, dass wahre Freunde wie ein Schatz sind, der deinem Leben Freude, Unterstützung und unvergessliche Erinnerungen schenkt.

7.2. GESUNDE BEZIEHUNGEN: DAS ERKENNEN VON TOXISCHEN FREUNDSCHAFTEN

Manchmal sind nicht alle Verbindungen gesund für uns und es ist wichtig zu lernen, wie du dich von schädlichen Beziehungen distanzierst. Lass uns zusammen erkunden, wie du deine eigenen Grenzen schützen kannst.
Toxische Freundschaften können sich negativ auf dein emotionales Wohlbefinden auswirken. Achte auf Anzeichen von Manipulation, Kontrolle, ständigem Negativismus oder emotionaler Ausbeutung.
Vertraue deiner Intuition. Wenn du ein unangenehmes Gefühl hast oder merkst, dass deine Bedürfnisse nicht respektiert werden, solltest du aufmerksam sein.
Mangelnde Unterstützung und Respekt sind rote Flaggen. Wahre Freunde unterstützen sich gegenseitig und respektieren einander.

Wenn du das Gefühl hast, dass du in einer Beziehung nicht wertgeschätzt wirst, könnte sie toxisch sein.
Wenn du das Gefühl hast, immer mehr zu geben als zu erhalten, könnte es sein, dass die Freundschaft unausgewogen ist.
Setze klare Grenzen. Wenn deine Bedürfnisse ständig ignoriert werden und du dich unwohl fühlst, ist es wichtig, Grenzen zu setzen und für dein eigenes Wohlbefinden einzutreten.
Zögere nicht, Unterstützung zu suchen. Wenn du merkst, dass eine Freundschaft toxisch ist, sprich mit Erwachsenen, Lehrern oder professionellen Beratern. Du musst nicht alleine damit umgehen.
Der Abschied von toxischen Freundschaften ist manchmal notwendig. Es kann schwer sein, sich von jemandem zu trennen, aber denke daran, dass du das Recht auf gesunde Beziehungen hast.
Echte Freundschaften stärken dich und lassen dich wachsen. Wenn eine Beziehung ständig Energie von dir abzieht und dich emotional belastet, könnte es Zeit sein, dich zu distanzieren.
Erkenne, dass es nicht deine Aufgabe ist, toxische Freunde zu *heilen*. Du kannst dich um dich selbst kümmern und von schädlichen Beziehungen entfernen, um dein eigenes Wohlbefinden zu schützen.

Denke daran, dass du das Recht hast, gesunde Beziehungen zu haben. Du verdienst Freundschaften, die dich unterstützen, respektieren und dir Freude bringen. Deine emotionale Gesundheit ist wichtig und es ist mutig, toxische Beziehungen loszulassen, um Platz für positivere Verbindungen zu schaffen.

7.3. DEINE STÄRKE IM STILLEN: SCHÜCHTERNHEIT UND INTROVERTIERTHEIT ALS WERTVOLLE EIGENSCHAFTEN

In diesem Kapitel werden wir über Schüchternheit und Introvertiertheit sprechen - zwei Eigenschaften, die oft unterschätzt werden. Es ist wichtig, zu verstehen, dass du dich nicht ändern musst, um wertvoll zu sein. Lass uns gemeinsam erkunden, warum Schüchternheit und Introvertiertheit etwas Gutes sein können.

Schüchternheit ist keine Schwäche, sondern ein Ausdruck deiner Sensibilität. Es bedeutet, dass du tief fühlst und achtsam mit deinen Emotionen umgehst.

Introvertiertheit bedeutet nicht, dass du nicht gesellig sein kannst. Es bedeutet, dass du Energie aus der Zeit für dich selbst schöpfst, und das ist völlig in Ordnung.

Schüchternheit und Introvertiertheit bringen besondere Fähigkeiten mit sich. Du bist oft aufmerksamer, einfühlsamer und kannst tiefere Verbindungen zu anderen aufbauen.

Die Welt braucht unterschiedliche Persönlichkeiten. Schüchternheit und Introvertiertheit bringen eine Balance in die Gesellschaft. Du bringst Ruhe in eine laute Welt und fügst tiefe Gedanken in oberflächliche Gespräche ein.

Selbstbewusstsein ist der Schlüssel. Sei stolz darauf, wer du bist, und erkenne deine eigenen Stärken an. Du musst dich nicht verstellen, um dich wertvoll zu fühlen.

Setze dich selbst nicht unter Druck, extrovertiert zu sein. Du kannst auf deine eigene Art und Weise glänzen. Finde Situationen, in denen du dich wohl fühlst, und sei mutig, dich herauszufordern, wenn du möchtest.

Suche nach Gleichgesinnten. Es gibt viele Menschen, die deine schüchterne oder introvertierte Natur verstehen und schätzen.

Selbstakzeptanz ist der Schlüssel zum Glück. Akzeptiere dich selbst

und deine Eigenschaften, denn du bist einzigartig und wertvoll, genau so, wie du bist.
Schüchternheit und Introvertiertheit sind Geschenke, die du der Welt bringst. Du kannst in deiner eigenen Art und Weise leuchten und wichtige Beiträge leisten.

Denke daran, dass du dich nicht ändern musst, um dich wertvoll zu fühlen.

8. HERZKLOPFEN UND SCHMETTERLINGE IM BAUCH –

DIE ERSTE LIEBE

8.1. DAS ERSTE MAL VERLIEBT

Die ersten romantischen Gefühle sind wie ein aufregendes Abenteuer, bei dem du neue Emotionen entdeckst und dich auf eine Reise der Selbstentdeckung begibst. Lass uns gemeinsam eintauchen in das unvergessliche Erlebnis des ersten Verliebtseins.

Das erste Verliebtsein ist wie eine Achterbahn der Gefühle. Dein Herz klopft schneller, wenn du die Person siehst, die deine Aufmerksamkeit erregt. Schmetterlinge tanzen in deinem Bauch und du spürst eine ganz besondere Aufregung.

Die Person, in die du verliebt bist, wird zu einem Strahlen in deinem Leben. Du denkst ständig an sie und freust dich über jede Gelegenheit, Zeit mit ihr zu verbringen.

Der Zauber des ersten Verliebtseins liegt oft in der Unsicherheit. Du fragst dich, ob die Gefühle erwidert werden und wie du dich verhalten sollst. Das ist normal – das erste Verliebtsein ist eine Lernerfahrung.

Kommunikation ist der Schlüssel. Wenn du das Gefühl hast, verliebt zu sein, ist es wichtig, ehrlich mit dir selbst zu sein und auch mit der Person, in die du verliebt bist. Ein einfaches Gespräch kann den Grundstein für eine tiefere Verbindung legen.

Das erste Verliebtsein lehrt dich viel über dich selbst. Du erkundest deine eigenen Emotionen, Wünsche und Vorstellungen von Beziehungen. Diese Erkenntnisse sind wertvoll für deine persönliche Entwicklung.

Geduld ist wichtig. Das erste Verliebtsein ist oft von intensiven Emotionen geprägt, aber es ist wichtig, nicht zu überstürzen. Gib dir Zeit, die Gefühle zu erforschen und die Beziehung langsam zu entwickeln.

Denke daran, dass das erste Verliebtsein nur der Anfang ist. Es ist eine wunderbare Erfahrung, mit der deine Reise zu romantischen Beziehungen beginnt. Genieße die Schmetterlinge und Emotionen, aber sei auch offen für die Lektionen, die das erste Verliebtsein mit sich bringt. Es ist ein Kapitel voller Aufregung und Lernen, das dich auf deinem Weg zu tieferen Verbindungen begleitet.

8.2. DIE MAGIE DER ERSTEN BEZIEHUNG

Deine erste Beziehung ist wie eine aufregende Reise, bei der du nicht nur einen Partner kennenlernst, sondern auch viel über dich selbst und das Miteinander in einer Partnerschaft lernst. Lass uns gemeinsam eintauchen in die wunderbare Erfahrung der ersten Beziehung.

Die erste Beziehung bringt eine Fülle von Emotionen mit sich. Du erlebst Freude, Aufregung und tiefe Verbundenheit, während du gemeinsame Erlebnisse teilst und wertvolle Momente schaffst.

Kommunikation ist der Schlüssel. Offene und ehrliche Gespräche helfen dabei, Missverständnisse zu vermeiden und eine gesunde Basis für die Beziehung zu schaffen. Teile deine Gedanken, Gefühle und Erwartungen mit deinem Partner.

Gegenseitige Unterstützung ist ein Markenzeichen einer gesunden Beziehung. Ihr seid füreinander da, in guten und in schwierigen Zeiten und unterstützt euch bei euren individuellen Zielen und Träumen.

Respekt und Vertrauen sind fundamentale Bausteine. Achte darauf, deinen Partner zu respektieren, und vertraue darauf, dass er dasselbe für dich tut. Offene und ehrliche Kommunikation stärkt das Vertrauen in der Beziehung.

Gemeinsame Interessen und Aktivitäten verbinden. Findet Aktivitäten, die euch beiden Freude bereiten, und verbringt Zeit miteinander. Das schafft nicht nur schöne Erinnerungen, sondern stärkt auch eure Bindung.
Individuelle Freiheit und Raum sind wichtig. Auch wenn ihr in einer Beziehung seid, ist es wichtig, eure eigenen Interessen und Zeit für euch selbst zu haben.
Konflikte gehören dazu. In jeder Beziehung gibt es mal Meinungsverschiedenheiten. Wichtig ist, diese respektvoll zu lösen und Kompromisse zu finden, um die Beziehung zu stärken.
Wachstum und Veränderung sind Teil des Prozesses. Deine erste Beziehung wird dich nicht nur emotional bereichern, sondern auch persönlich wachsen lassen. Sei offen für die Lektionen, die du aus dieser Erfahrung lernen kannst.

Denke daran, dass deine erste Beziehung ein Kapitel voller Entdeckungen und Wachstum ist. Du lernst nicht nur einen Partner, sondern auch dich selbst besser kennen. Genieße die gemeinsamen Abenteuer, die besonderen Augenblicke und die Möglichkeit, zusammenzuwachsen. Es ist eine wertvolle Erfahrung auf deinem Weg zu tiefen und bedeutsamen Beziehungen.

8.3. DIE BEDEUTUNG VON GRENZEN: DAS ERSTE MAL UND DAS RECHT, NEIN ZU SAGEN

Nun werden wir über das *erste Mal* sprechen, insbesondere in Bezug auf Geschlechtsverkehr, und wie wichtig es ist, Entscheidungen zu treffen und Grenzen zu respektieren. Es ist von größter Bedeutung, dass du dich in jeder Situation wohlfühlst und das Recht hast, *Nein* zu sagen. Lass uns gemeinsam erforschen, wie du diese bedeutsamen Momente mit Respekt und Selbstbewusstsein angehen kannst.

Das *erste Mal* kann mit vielen Emotionen verbunden sein - von Neugier und Aufregung bis hin zu Unsicherheit. Es ist entscheidend, dass du nur dann eine Entscheidung triffst, wenn du dich bereit fühlst und die Situation sicher ist.

Einvernehmlichkeit ist unerlässlich. Beide Partner müssen ausdrücklich zustimmen und sich einverstanden fühlen, bevor sie sich auf intime Handlungen einlassen. Niemand sollte sich unter Druck gesetzt fühlen oder gegen seinen Willen handeln.

Du hast das Recht, *Nein* zu sagen. Deine Zustimmung ist wichtig, aber genauso wichtig ist dein Recht, *Nein* zu sagen. Du entscheidest, was du in der jeweiligen Situation tun möchtest, und niemand sollte dich dazu drängen, etwas zu tun, was du nicht willst.

Vertraue auf deine Instinkte. Wenn du Zweifel oder Unsicherheiten hast, vertraue auf deine innere Stimme. Es ist okay, die Situation zu verlassen oder *Nein* zu sagen, wenn du dich unwohl fühlst.

Die Stärke des Neinsagens zeigt Selbstachtung. Indem du für deine Grenzen einstehst und *Nein* sagst, wenn du es für richtig hältst, zeigst du Respekt vor dir selbst und deinen Gefühlen.

Respektiere auch die Entscheidung deines Partners. Wenn dein Partner *Nein* sagt oder sich unwohl fühlt, ist es wichtig, seine Entscheidung zu respektieren und die Situation zu akzeptieren.

Sprich über deine Wünsche und Grenzen. Offene Kommunikation ist der Schlüssel. Wenn du dich dazu entscheidest, intime Handlungen zu erleben, sprich mit deinem Partner über eure Erwartungen und Grenzen, um eine respektvolle und einvernehmliche Erfahrung sicherzustellen.

Denke daran, dass du das Recht hast, über deinen eigenen Körper und deine Intimität zu entscheiden. Das *erste Mal* ist eine persönliche Entscheidung und du solltest dich nur dann darauf einlassen, wenn du dich bereit und sicher fühlst. Deine Gefühle und Grenzen sind wichtig und du solltest niemals zögern, *Nein* zu sagen, wenn du es für richtig hältst. Respekt, Einvernehmen und die Kraft des *Neins* sind entscheidend, um deine eigenen Bedürfnisse und Wünsche zu schützen.

8.4. WENN DAS HERZ BRICHT: UMGANG MIT UNGLÜCKLICHER LIEBE

Wir alle haben schon einmal Momente erlebt, in denen unser Herz sich schwer anfühlte. Aber denke daran, dass du nicht alleine bist und es Wege gibt, mit unerwiderten Gefühlen umzugehen. Lass uns gemeinsam erkunden, wie du deine Emotionen navigieren kannst.

Unglücklich verliebt zu sein, tut weh. Es kann sich anfühlen, als ob dein Herz in tausend Stücke zerbrochen ist. Erlaube dir, diese Emotionen zu fühlen, und trauere um das, was hätte sein können.

Selbstfürsorge ist jetzt wichtig. Nimm dir Zeit, dich um dich selbst zu kümmern. Trenne dich nicht von deinen eigenen Bedürfnissen und lege Wert auf dein körperliches und emotionales Wohlbefinden.

Sprich über deine Gefühle. Teile deine Emotionen mit Freunden oder Familienmitgliedern. Das Sprechen darüber kann eine Erleichterung sein und dir helfen, deine Gedanken zu sortieren.

Akzeptiere deine Gefühle, aber lasse sie nicht deine Identität definieren. Du bist mehr als deine unglückliche Liebe. Es ist okay, zu trauern, aber vergiss nicht, dass es viele andere Aspekte in deinem Leben gibt.

Ablenkung kann helfen. Engagiere dich in Aktivitäten, die dir Freude bereiten, sei es Sport, Kunst, Musik oder Zeit mit Freunden. Ablenkung kann dir helfen, dich wieder auf positive Dinge zu konzentrieren.

Sei geduldig mit dir selbst. Das Heilen braucht Zeit. Du wirst mit der Zeit feststellen, dass die Schmerzen nachlassen und du dich für neue Erfahrungen öffnen kannst.

Betrachte die Situation als Lernerfahrung. Unglücklich verliebt zu sein, bedeutet, dass du mutig genug warst, deine Gefühle zu zeigen. Nutze die Erfahrung, um über dich selbst zu lernen und zu wachsen.

Öffne dich für neue Möglichkeiten. Das Leben hält viele Überraschungen bereit und du wirst vielleicht bald jemanden kennenlernen, der deine Gefühle erwidert.

Denke daran, dass das unglücklich Verliebtsein Teil des menschlichen Lebens ist. Es mag schwer sein, aber es wird vorübergehen. Du bist stark genug, um mit deinen Gefühlen umzugehen und daraus gestärkt hervorzugehen. Nimm dir Zeit für deine Heilung und erinnere dich daran, dass es okay ist, um Unterstützung zu bitten, wenn du sie brauchst. Du bist nicht alleine auf dieser Reise.

9. MEDIEN VERSTEHEN UND KRITISCH DENKEN –

LEITFADEN FÜR DEN INFORMATIONSDSCHUNGEL

9.1. MEDIENKRITIK UND QUELLENBEWERTUNG: EINBLICK IN DIE WELT DER KRITISCHEN INFORMATIONSANALYSE

In diesem Abschnitt werden wir uns eingehend mit Medienkritik und der Bewertung von Quellen befassen. In einer Zeit, in der Informationen im Überfluss vorhanden sind, ist es unerlässlich, in der Lage zu sein, kritisch zu denken und die Glaubwürdigkeit von Quellen zu beurteilen. Lass uns gemeinsam erkunden, wie du eine effektive Medienkritik entwickeln und verlässliche Quellen von weniger vertrauenswürdigen unterscheiden kannst.

Medienkritik bedeutet, Informationen mit einem skeptischen Blick zu betrachten. Es geht darum, nicht alles ungeprüft zu akzeptieren, sondern zu hinterfragen, zu analysieren und zu überlegen.

Das Verstehen der Quellen ist entscheidend. Bevor du Informationen akzeptierst, überprüfe immer die Quelle. Ist sie vertrauenswürdig? Hat sie eine bekannte Agenda? Wer steht hinter der Veröffentlichung?

Bewertung der Glaubwürdigkeit ist ebenso wichtig. Überlege, ob die Quelle Fakten mit nachvollziehbaren Beweisen liefert oder nur Meinungen und Behauptungen präsentiert.

Nutze die Vielfalt der Quellen, verlasse dich nicht nur auf eine einzige. Verwende verschiedene Quellen, um eine breitere Perspektive zu erhalten und Widersprüche zu identifizieren.

Checke Fakten. Verifiziere Informationen, bevor du sie teilst oder als wahr annimmst. Tatsachenprüfungsseiten können dir dabei helfen, Falschinformationen zu erkennen.

Achte auf emotional geladene Sprache. Sensationelle oder extreme Sprache kann ein Indikator für Voreingenommenheit oder Manipulation sein.

Hinterfrage Bilder und Videos. Bearbeitete oder aus dem Kontext gerissene Medien können eine verzerrte Wahrnehmung

vermitteln. Überprüfe immer die Quelle und den Kontext von Bildern und Videos.
Berücksichtige den Zeitpunkt der Veröffentlichung. Manchmal werden Informationen gezielt zu bestimmten Zeiten veröffentlicht, um eine Reaktion hervorzurufen oder eine bestimmte Agenda zu fördern.
Überlege die Motive. Frage dich, warum eine bestimmte Information veröffentlicht wurde und welche Absichten dahinterstecken könnten.

Medienkritik ist ein wichtiger Schutzschild gegen Fehlinformationen und Manipulation. Indem du lernst, Informationen kritisch zu analysieren und verlässliche Quellen von fragwürdigen zu unterscheiden, stärkst du deine Fähigkeit, fundierte Entscheidungen zu treffen und ein umfassendes Verständnis der Welt um dich herum zu entwickeln.

> Denke daran, dass du die Kontrolle darüber hast, welche Informationen du akzeptierst und welche du ablehnst.

9.2. DEM RÄTSEL AUF DER SPUR: FAKE NEWS UND FEHLINFORMATIONEN ENTLARVEN

In unserer Ära der raschen Informationsverbreitung ist es entscheidend, die Fähigkeit zu entwickeln, zwischen Fakten und Fiktion zu unterscheiden. Lass uns gemeinsam auf Entdeckungsreise gehen und lernen, wie du Fake News erkennen und dich vor Fehlinformationen schützen kannst.

Fake News sind bewusst falsche oder irreführende Informationen, die mit der Absicht verbreitet werden, Meinungen zu beeinflussen oder Unruhe zu stiften. Es ist wichtig, zu lernen, wie man sie erkennt.
Vertraue nicht blind. Überprüfe immer, ob eine Meldung aus vertrauenswürdigen Quellen stammt, bevor du sie akzeptierst oder teilst.
Prüfe die Quelle. Stelle sicher, dass die Quelle seriös und etabliert ist. Achte auf unbekannte oder wenig bekannte Websites, die sensationelle Geschichten verbreiten.
Checke die Fakten. Verifiziere behauptete Fakten durch unabhängige Quellen oder Faktenprüfungsseiten, bevor du einer Meldung Glauben schenkst.
Achte auf den Schreibstil. Häufig enthalten Fake News Rechtschreibfehler, schlechte Grammatik oder sensationalistische Übertreibungen.
Hinterfrage Bilder und Videos, denn sie können manipuliert oder aus dem Kontext gerissen werden. Überprüfe die Herkunft und den Kontext solcher Medien.
Sei skeptisch bei starken Emotionen. Fake News zielen oft darauf ab, starke emotionale Reaktionen hervorzurufen. Überlege, ob eine Meldung versucht, deine Gefühle zu manipulieren.
Prüfe das Veröffentlichungsdatum. Manchmal werden alte Meldungen erneut aufgegriffen und als aktuell präsentiert. Achte auf das Datum der Veröffentlichung.
Achte auf Voreingenommenheit. Fake News können voreingenommene Ansichten oder extreme Standpunkte verstärken. Überlege, ob eine Meldung objektiv und ausgewogen ist.
Teile mit Bedacht. Bevor du eine Meldung teilst, denke daran, dass das Teilen von Fake News zur Verbreitung von Fehlinformationen beiträgt.

Indem du lernst, Fake News zu erkennen und kritisch zu hinterfragen, schützt du dich vor der Verbreitung von Fehlinformationen und hilfst, eine zuverlässige Informationslandschaft aufrechtzuerhalten.

Denke daran, dass deine Rolle als aufmerksamer und informierter Bürger entscheidend ist, um das Vertrauen in die Nachrichten und Informationen, die du konsumierst und teilst, zu bewahren.

9.3. DIGITALE ETHIK UND PRIVATSPHÄRE: VERANTWORTUNGSBEWUSSTES VERHALTEN IN DER DIGITALEN WELT

In einer Welt, in der Technologie und Informationen allgegenwärtig sind, ist es entscheidend, verantwortungsbewusst und ethisch in der digitalen Welt zu handeln. Lass uns gemeinsam entdecken, wie du deine Online-Präsenz schützen und gleichzeitig respektvoll mit anderen interagieren kannst.

Digitale Ethik bedeutet, in der digitalen Welt moralisch und verantwortungsbewusst zu handeln. Respektiere die gleichen Werte und Prinzipien online, die du auch im realen Leben respektierst.

Achte auf deine Online-Interaktionen. Behandle andere im Internet so, wie du im persönlichen Kontakt behandelt werden möchtest. Vermeide Beleidigungen, Mobbing und negative Kommentare.

Respektiere Urheberrechte. Teile keine Inhalte, die nicht deine eigenen sind, ohne die entsprechende Erlaubnis bzw. Quellenangabe.

Sicherheit geht vor. Schütze deine persönlichen Informationen und Passwörter. Verwende sichere Passwörter und teile niemals vertrauliche Daten in öffentlichen Foren.

Denke vor dem Teilen nach. Bevor du etwas online teilst, frage dich, ob es für andere respektvoll und angemessen ist. Bedenke, dass einmal Geteiltes schwer zurückzunehmen ist.

Beachte die Privatsphäre anderer. Frage immer nach Erlaubnis, bevor du persönliche Informationen oder Fotos von anderen teilst.

Informiere dich über Datenschutzrichtlinien. Verstehe, wie

Websites und Apps mit deinen Daten umgehen. Sei vorsichtig bei der Preisgabe sensibler Informationen.
Sei bewusst, im Umgang mit sozialen Medien. Denke darüber nach, welche Informationen du in Sozialen Medien teilst. Bedenke, dass du durch deine Online-Präsenz einen bleibenden Eindruck hinterlässt.
Erkenne Online-Manipulation. Sei skeptisch gegenüber Inhalten, die dazu dienen, deine Meinung oder dein Verhalten zu beeinflussen. Überprüfe die Quellen und Motive hinter bestimmten Inhalten.
Handle mit Empathie. Denke daran, dass hinter jedem Online-Profil eine echte Person steht. Sei respektvoll und vermeide unnötige Konflikte.

Indem du dich mit digitaler Ethik und Privatsphäre vertraut machst, trägst du dazu bei, eine positive und respektvolle Online-Kultur zu schaffen.

Denke immer daran, dass deine Handlungen und Interaktionen in der digitalen Welt echte Auswirkungen haben können. Als verantwortungsbewusster digitaler Bürger kannst du dazu beitragen, eine sicherere und ethischere Online-Community aufzubauen.

10. DEINE ZEIT IM GRIFF – PRODUKTIVITÄT UND PLANUNG

10.1. SELBSTMOTIVATION UND ZIELSETZUNG: DEINE REISE ZU PERSÖNLICHEM ERFOLG

In der aufregenden Welt der Teenagerjahre dreht sich alles darum, wer du werden und erreichen möchtest. Dieses Kapitel widmet sich der kraftvollen Kombination aus Selbstmotivation und Zielsetzung, die dir helfen wird, deine Träume zu verwirklichen und Herausforderungen zu meistern.

Selbstmotivation, der Antrieb, der von innen kommt, ist wie ein magischer Funke, der dich dazu inspiriert, aktiv zu handeln. Es ist diese innere Stimme, die dir sagt, dass du fähig bist, dass du das Zeug dazu hast, deine Träume in die Realität umzusetzen.

Eines der ersten Geheimnisse der Selbstmotivation ist es, dein *Warum* zu entdecken. Warum möchtest du dieses Ziel erreichen? Was bedeutet es für dich? Indem du deine Motivation auf den tiefsten Grund gründest, schaffst du eine unaufhaltsame Kraft, die dich durch Schwierigkeiten trägt.

Zielsetzungen sind wie die Karte für deine Reise. Indem du klare und realistische Ziele setzt, gibst du dir selbst eine Richtung. Ein Ziel zu haben, ist wie das Steuern eines Schiffes: Du weißt, wohin du gehst, und kannst die richtige Route planen.

Aber Ziele allein sind nicht genug. Der Weg zu deinen Zielen kann mit Hindernissen gespickt sein. Hier kommt die Kunst der Selbstmotivation ins Spiel. Du wirst lernen, wie du dich selbst anfeuern kannst, wenn die Dinge schwierig werden. Du wirst deine inneren Zweifel besiegen und dich selbst ermutigen, immer weiterzumachen.

Um diese Fähigkeiten zu meistern, ist es wichtig, einen klaren Plan zu haben. Ziele sollten spezifisch und messbar sein. Indem du sie in kleinere Schritte aufteilst, machst du den Weg klarer und erreichbarer. Du wirst lernen, wie du dich selbst belohnen kannst, wenn du Fortschritte machst, und wie du dich selbst ermutigen kannst, wenn du vor Herausforderungen stehst.

Denke daran, dass du nicht allein auf dieser Reise bist. Teile deine Ziele mit Menschen, die dich unterstützen und ermutigen. Gemeinsam könnt ihr euch gegenseitig motivieren und den Erfolg feiern.

Selbstmotivation und Zielsetzungen sind Werkzeuge, die dir helfen werden, deine Träume zu erreichen. Indem du deine inneren Antriebskräfte entdeckst, klare Ziele setzt und dich selbst motivierst, wirst du in der Lage sein, Hindernisse zu überwinden und Herausforderungen anzunehmen. Deine Zukunft liegt in deinen Händen und du hast die Kraft, deine Ziele zu verwirklichen und deine Träume zu leben.

10.2. DU HAST DIE VERANTWORTUNG FÜR DEINE PERSÖNLICHE WEITERENTWICKLUNG

Als Teenager stehst du an der Schwelle zu unzähligen Möglichkeiten und Entdeckungen. Dieses Kapitel widmet sich der kraftvollen Idee, die Zügel deiner eigenen Entwicklung selbst in die Hand zu nehmen. Die Verantwortung für deine persönliche Weiterentwicklung bedeutet, dass du aktiv die Rolle des Regisseurs deines Lebens übernimmst. Du bist der Kapitän deines Schiffs, der Gestalter deines Schicksals und der Architekt deiner Zukunft.
Ein Schlüssel zum Wachstum ist die Selbstreflexion. Nimm dir Zeit,

um über deine Stärken, Schwächen, Interessen und Werte nachzudenken. Diese introspektive Reise ermöglicht es dir, ein klares Bild von dir selbst zu entwickeln und zu verstehen, welche Richtung du einschlagen möchtest.

Setze klare Ziele für deine persönliche Weiterentwicklung. Diese Ziele fungieren als Wegweiser, die dir helfen, auf Kurs zu bleiben und deinen Fortschritt zu messen. Ganz gleich, ob es um schulische Leistungen, persönliche Fähigkeiten oder soziale Beziehungen geht: Ziele geben dir eine klare Richtung.

Um deine Ziele zu erreichen, ist Planung und Umsetzung entscheidend. Erstelle konkrete Schritte, um deine Ziele zu erreichen, und halte dich an deinen Plan. Deine Entschlossenheit und dein Engagement sind der Treibstoff für deine persönliche Weiterentwicklung.

Weiterbildung und Lernen sind deine besten Verbündeten. Nutze Ressourcen wie Bücher, Online-Kurse, Mentoren und Erfahrungen, um dein Wissen und deine Fähigkeiten auszubauen. Jede neue Erkenntnis eröffnet dir weitere Möglichkeiten.

Verantwortung für deine persönliche Weiterentwicklung bedeutet auch, für dein körperliches, emotionales und geistiges Wohlbefinden zu sorgen. Die richtige Balance zwischen Schlaf, Ernährung, Bewegung und Entspannung stärkt deine Widerstandsfähigkeit und fördert dein Wachstum.

Dein Wachstum wird oft durch Herausforderungen und Rückschläge geprägt. Nimm neue Erfahrungen an, selbst wenn sie außerhalb deiner Komfortzone liegen. Lerne aus Fehlern und sieh sie als Chancen, dich zu verbessern.

Die Verantwortung für deine persönliche Weiterentwicklung ist ein Weg, der dich zu einem erfüllten und erfolgreichen Leben führt. Du bist der Architekt deiner eigenen Zukunft und jede Entscheidung, die du triffst, ebnet den Weg für deine Entfaltung.

10.3. DEIN INNERER KOMPASS FÜR DAS RICHTIGE HANDELN

Als Teenager stehst du vor vielen Situationen, in denen du Entscheidungen treffen musst - sei es in der Schule, in Beziehungen oder in der Gesellschaft. In diesem Kapitel werden wir die Werkzeuge erkunden, die dir helfen werden, kluge und ethisch verantwortungsvolle Entscheidungen zu treffen.
Ethik ist wie ein innerer Kompass, der dich dabei unterstützt, zwischen richtig und falsch zu unterscheiden. Sie basiert auf den Werten und Prinzipien, die für dich wichtig sind, und hilft dir, eine reflektierte und verantwortungsvolle Person zu sein.
Nimm dir Zeit, um über deine eigenen Werte und Prinzipien nachzudenken. Was ist dir wichtig? Welche Grundsätze leiten dich?

Die goldene Regel: Behandle andere so, wie du behandelt werden möchtest.

Diese einfache Regel kann dir helfen, empathisch und respektvoll zu handeln.

Wenn du vor einer schwierigen Entscheidung stehst, gibt es einige Schritte, die du unternehmen kannst, um ethisch fundierte Entscheidungen zu treffen:

Informiere dich:
Stelle sicher, dass du alle relevanten Informationen hast, bevor du eine Entscheidung triffst. Wissen ist der Schlüssel zur Weisheit.

Berücksichtige die Folgen:
Denke darüber nach, wie deine Entscheidung andere Menschen beeinflussen könnte. Bemühe dich, potenzielle positive und negative Auswirkungen zu verstehen.

Prüfe deine Intention:
Frage dich selbst, warum du eine bestimmte Entscheidung treffen möchtest. Ist deine Absicht ethisch und respektvoll?

Konsultiere andere:
Sprich mit vertrauenswürdigen Freunden, Familienmitgliedern oder Erwachsenen über deine Entscheidung. Manchmal kann eine externe Perspektive helfen.

In der realen Welt gibt es oft moralische Dilemmata, bei denen es schwierig sein kann, zwischen verschiedenen Optionen zu wählen. Hier sind einige Ansätze, die dir bei solchen Situationen helfen können:

Abwägen von Optionen: Untersuche die Vor- und Nachteile jeder Option und versuche, diejenige auszuwählen, die am meisten mit deinen Werten übereinstimmt.

Verantwortung übernehmen:
Sei bereit, Verantwortung für deine Entscheidungen zu übernehmen, auch wenn sie herausfordernd sind.

Fehler akzeptieren:
Niemand ist perfekt und es ist möglich, Fehler zu machen. Wenn du einen Fehler machst, lerne daraus und bemühe dich, es beim nächsten Mal besser zu machen.

Ethik und moralische Entscheidungsfindung sind Instrumente, die dir helfen, ein verantwortungsbewusster und ethisch handelnder Mensch zu sein. Indem du deine inneren Werte erkundest, Informationen sammelst, die Konsequenzen bedenkst und dich mit anderen berätst, kannst du kluge und ethisch begründete Entscheidungen treffen.

11. ALLTAGS-MANAGEMENT UND SELBSTSTÄNDIGKEIT –

DEIN GUIDE ZUR HAUSHALTSFÜHRUNG

11.1. KOCHEN UND HAUSARBEIT: SELBSTSTÄNDIGKEIT IM ALLTAG

In diesem Kapitel widmen wir uns wichtigen Fähigkeiten, die dich auf den Weg zur Selbstständigkeit im Alltag führen: Kochen und grundlegende Hausarbeit. Diese Fähigkeiten mögen dir anfangs vielleicht nicht besonders aufregend erscheinen, aber sie sind unerlässlich, um eigenständig und selbstbewusst agieren zu können.

Kochen ist nicht nur eine praktische Fertigkeit, sondern auch eine kreative und erfüllende Tätigkeit. Es ermöglicht dir, deine kulinarischen Vorlieben zu entdecken und gesunde Mahlzeiten zuzubereiten. Beginne mit einfachen Rezepten und arbeite dich Schritt für Schritt zu komplexeren Gerichten vor.

Hausarbeit mag zuerst überwältigend wirken, doch wenn du sie in kleine Aufgaben aufteilst, wird sie viel überschaubarer. Hier sind einige grundlegende Aufgaben, die du beherrschen solltest:

Lerne, wie du deine Kleidung wäschst, trocknest, bügelst und ordentlich aufbewahrst. Dies hilft nicht nur dabei, deine Kleidung in gutem Zustand zu halten, sondern schafft auch Ordnung in deinem Raum.

Erfahre, wie man verschiedene Oberflächen reinigt – von Böden über Arbeitsplatten bis hin zu Badezimmern. Sauberkeit fördert ein gesundes Umfeld und ein angenehmes Zuhause.

Lerne, wie du deinen Raum effektiv organisierst. Ein aufgeräumtes Umfeld erleichtert das Leben und trägt zu einer positiven Atmosphäre bei.

Ein weiterer wichtiger Aspekt ist die Planung von Mahlzeiten und Einkäufen. Lerne, wie man eine Einkaufsliste erstellt und gesunde Lebensmittel auswählt. Dies hilft nicht nur bei der Budgetierung, sondern ermöglicht es dir auch, bewusste Ernährungsentscheidungen zu treffen.

Kochen und Hausarbeit erfordern Zeitmanagement. Finde heraus, wie du diese Aufgaben in deinen Tagesablauf integrieren kannst,

ohne dich zu überfordern. Ein ausgewogener Zeitplan berücksichtigt Verpflichtungen und Freizeit gleichermaßen.
Das Erlernen von Kochen und Hausarbeit kann eine großartige Gelegenheit sein, Teamarbeit und Selbstvertrauen zu entwickeln. Du kannst dich mit Familienmitgliedern oder Freunden zusammentun, um gemeinsam zu kochen oder den Haushalt zu erledigen. Mit der Zeit wirst du feststellen, wie diese Fähigkeiten dich unabhängiger und verantwortungsbewusster machen.

Kochen und Hausarbeit sind mehr als nur praktische Fertigkeiten – sie sind Schlüsselkompetenzen für dein alltägliches Leben.

Indem du diese Fähigkeiten meisterst, wirst du in der Lage sein, für dich selbst zu sorgen, dein Zuhause angenehm zu gestalten und ein Gefühl der Selbstständigkeit und Zufriedenheit zu erleben.

11.2. VERSTÄNDNIS VON MIETVERTRÄGEN UND VERSORGUNGSRECHNUNGEN

Mietverträge:
Ein Mietvertrag ist ein rechtlicher Vertrag zwischen dir und dem Vermieter, der die Bedingungen für das Mieten einer Wohnung oder eines Hauses festlegt. Bevor du einen Mietvertrag unterschreibst, lies ihn sorgfältig durch und stelle sicher, dass du alle Klauseln verstehst. Der Vertrag enthält Informationen über die Miete, die Mietdauer, Kaution, Instandhaltungspflichten und andere wichtige Details. Wenn du Fragen hast, zögere nicht, den Vermieter um Klarstellung zu bitten.

Versorgungsrechnungen:
Versorgungsrechnungen beziehen sich auf die Kosten für grundlegende Dienstleistungen wie Strom, Wasser, Gas und oft auch Internet und Fernsehen. Diese Rechnungen können monatlich oder quartalsweise anfallen. Es ist wichtig, die Abrechnungen zu verstehen und sicherzustellen, dass du pünktlich zahlst, um Unterbrechungen dieser Dienste zu vermeiden. Überprüfe regelmäßig deine Verbrauchsgewohnheiten, um unnötige Ausgaben zu minimieren.
Bevor du in deine erste eigene Wohnung ziehst, ist es ratsam, sowohl den Mietvertrag als auch die Versorgungsrechnungen gründlich zu prüfen.

Stelle sicher, dass du alle Verpflichtungen verstehst und dich bewusst für die finanzielle Verantwortung vorbereitest, die damit einhergeht. Ein solides Verständnis dieser Themen wird dir helfen, dich sicherer und selbstständiger in deinem eigenen Wohnraum zu fühlen.

11.3. BESITZTÜMER PFLEGEN UND SCHÜTZEN: TIPPS FÜR DAUERHAFTE FREUDE

Als Teenager wirst du wahrscheinlich immer mehr Dinge besitzen, sei es Kleidung, Elektronikgeräte, Fahrräder oder andere Gegenstände. Die richtige Wartung bzw. Pflege dieser Güter ist entscheidend, um deren Lebensdauer zu verlängern und ihre optimale Funktionalität zu gewährleisten.
Deine Kleidung ist ein wesentlicher Teil deiner Persönlichkeit und deines Stils. Damit sie lange schön bleibt, solltest du dich um sie kümmern. Achte auf die Wasch- und Pflegehinweise auf den

Etiketten. Sortiere deine Wäsche nach Farben und Materialien, um Verfärbungen und Schäden zu vermeiden. Bügele oder falte deine Kleidung ordentlich, um Knitterfalten zu verhindern. Regelmäßige Pflege trägt nicht nur zur Langlebigkeit bei, sondern spart auch langfristig Geld.

Smartphones, Laptops und andere elektronische Geräte sind aus unserem Leben nicht mehr wegzudenken. Damit sie optimal funktionieren, solltest du darauf achten, sie vor Stößen, Feuchtigkeit und Überhitzung zu schützen. Halte deine Geräte sauber, indem du Bildschirme vorsichtig reinigst und Staub entfernst. Aktualisiere regelmäßig Software und schütze deine Geräte mit Passwörtern, um deine persönlichen Daten zu sichern.

Wenn du ein Fahrrad oder ein anderes Fahrzeug besitzt, ist regelmäßige Wartung unerlässlich. Halte Reifen aufgepumpt und Schmiermittel auf Kette und Mechanik, um reibungsloses Fahren zu gewährleisten. Überprüfe Bremsen und Lichter, um deine Sicherheit zu erhöhen.

Wenn du gerne liest oder schreibst, solltest du deine Bücher und Schreibwaren gut pflegen. Halte Bücher trocken und schütze sie vor direkter Sonneneinstrahlung, um Vergilben und Verformungen zu vermeiden. Halte deine Schreibwaren organisiert und geschützt, um deren Nutzungsdauer zu erhöhen.

Die Wartung deiner persönlichen Güter mag auf den ersten Blick mühsam erscheinen, aber sie lohnt sich. Indem du auf die kleinen Details achtest, zeigst du nicht nur Verantwortungsbewusstsein, sondern sparst auf lange Sicht auch Zeit und Geld.

> Ein bewusster Umgang mit deinen Werten fördert nicht nur ihre Langlebigkeit, sondern zeigt auch Respekt für deine eigenen Dinge und die Ressourcen, die in ihre Herstellung investiert wurden.

12. GLOBALES BEWUSSTSEIN

12.1. KULTURELLE SENSIBILITÄT UND VIELFALT IN UNSERER WELT

In einer Welt, die von raschem Wandel und globaler Vernetzung geprägt ist, nimmt die Bedeutung kultureller Sensibilität und Vielfalt einen zentralen Platz ein. Junge Menschen von heute sind Teil einer Generation, die in einer unvergleichlich vielfältigen Gesellschaft aufwächst, in der Menschen unterschiedlicher Herkunft, Religionen, Hautfarben und Lebensweisen miteinander interagieren. In diesem Kontext gewinnt die Fähigkeit, kulturelle Unterschiede zu respektieren und zu schätzen, zunehmend an Bedeutung.

Kulturelle Sensibilität bedeutet weit mehr als oberflächliches Wissen über fremde Kulturen. Es ist die Bereitschaft, sich in die Perspektiven anderer einzufühlen und ein tieferes Verständnis für ihre Lebensweise, Werte und Traditionen zu entwickeln. Als Teenager stehst du an einem Wendepunkt deines Lebens, an dem deine Weltanschauung geformt wird. Die Begegnung mit Vielfalt und kultureller Sensibilität kann dabei helfen, offener, toleranter und mitfühlender zu werden.

Eine wichtige Säule der kulturellen Sensibilität ist die Bildung. Schulen und Bildungseinrichtungen spielen eine entscheidende Rolle bei der Förderung eines interkulturellen Verständnisses. Sie bieten die Möglichkeit, Geschichten aus der ganzen Welt zu hören, über historische Ereignisse zu lernen, die Menschen geprägt haben, und kritisch über Vorurteile nachzudenken. Indem wir verschiedene Perspektiven kennenlernen, können wir unsere eigenen Ansichten erweitern und ein Bewusstsein für die Komplexität und Schönheit der menschlichen Kultur entwickeln.

Der Schlüssel zur kulturellen Sensibilität liegt jedoch nicht nur in Büchern oder im Klassenzimmer, sondern auch im zwischenmenschlichen Kontakt. Indem wir echte Gespräche mit Menschen mit verschiedenen Hintergründen führen, haben wir die Möglichkeit,

Stereotype zu hinterfragen und Freundschaften zu schließen, die auf gegenseitigem Respekt und Verständnis basieren. Diese Begegnungen bereichern nicht nur unser eigenes Leben, sondern tragen auch dazu bei, eine inklusivere Gesellschaft zu schaffen.
Es ist jedoch wichtig anzumerken, dass kulturelle Sensibilität keine Einbahnstraße ist. Sie erfordert die Bereitschaft, offen für Dialog und Lernen zu sein, sowie die Reflexion über unsere eigenen Vorurteile und Annahmen.

Der Prozess der kulturellen Sensibilisierung kann manchmal unbequem sein, da er uns zwingt, unsere eigenen Gewohnheiten und Denkmuster zu hinterfragen. Doch genau in diesem Prozess liegt die Chance zur persönlichen Entwicklung und zur Förderung eines harmonischen Zusammenlebens in einer vielfältigen Welt.

12.2. DIE UMWELT IM FOKUS: UMWELTBEWUSSTSEIN UND NACHHALTIGKEIT ENTDECKEN

Während die Schulen uns viele wertvolle Lektionen vermitteln, gibt es dennoch eine Reihe von Aspekten im Bereich des Umweltbewusstseins und der Nachhaltigkeit, die oft übersehen werden, aber von entscheidender Bedeutung sind, um die Herausforderungen unserer Zeit zu bewältigen.
Umweltbewusstsein beginnt mit einem tieferen Verständnis für unsere Abhängigkeit von der Natur. Es geht darum, zu erkennen, dass jeder Aspekt unseres Lebens – von der Nahrung, die wir essen, bis zur Energie, die wir nutzen – mit den natürlichen Ressourcen unseres Planeten verbunden ist. Diese Verbindung wird immer

deutlicher, wenn wir die Auswirkungen des Klimawandels, des Artensterbens und der Umweltverschmutzung beobachten. Indem wir uns dieser Zusammenhänge bewusst werden, entwickeln wir eine Sensibilität für die fragile Balance der Ökosysteme und die Notwendigkeit, verantwortungsvoll zu handeln.

Nachhaltigkeit ist der Schlüssel zur Bewahrung dieser Balance. Sie beinhaltet die Fähigkeit, unsere Bedürfnisse im Einklang mit den begrenzten Ressourcen der Erde zu erfüllen, ohne die Fähigkeit zukünftiger Generationen zu gefährden, ihre eigenen Bedürfnisse zu befriedigen. Das bedeutet, bewusstere Entscheidungen in Bezug auf Konsum, Energieverbrauch, Mobilität und mehr zu treffen. Nachhaltigkeit erstreckt sich über alle Bereiche des Lebens - von der Art und Weise, wie wir einkaufen, bis hin zur Art und Weise, wie wir Abfall entsorgen. Es ist eine bewusste Bemühung, einen positiven Fußabdruck zu hinterlassen.

Du fragst dich vielleicht, was du als Einzelperson in diesem großen Puzzle tun kannst. Die Antwort liegt in kleinen, aber bedeutsamen Schritten: Indem du bewusstere Konsumentscheidungen triffst - sei es beim Kauf von lokal produzierten Lebensmitteln oder von nachhaltig hergestellten Produkten - trägst du dazu bei, umweltfreundliche Praktiken zu fördern. Du kannst deinen Energieverbrauch reduzieren, indem du auf effiziente Technologien umsteigst und bewusster mit Strom umgehst. Das Teilen und Reparieren von Gegenständen, anstatt sie wegzuwerfen, verlängert ihre Lebensdauer und reduziert die Abfallmenge.

Aber Umweltbewusstsein und Nachhaltigkeit sind nicht nur individuelle Anstrengungen. Die Bewegung für eine nachhaltige Zukunft wächst und gewinnt an Schwung. Menschen auf der ganzen Welt kommen zusammen, um für Veränderungen einzutreten - sei es durch politische Aktionen, Gemeinschaftsprojekte oder soziales Engagement. Als Jugendlicher hast du eine einzigartige Stimme und die Fähigkeit, eine starke Kraft des Wandels zu sein. Indem du dich für umweltfreundliche Politiken einsetzt, lokale Initiativen unterstützt und das Bewusstsein in der Gemeinschaft schärfst, kannst du einen erheblichen Beitrag zur Gestaltung einer nachhaltigen Zukunft leisten. Umweltbewusstsein und Nachhaltigkeit sind keine isolierten Konzepte, sondern grundlegende Prinzipien, die alle Bereiche unseres Lebens berühren. Von der Ernährung über den Konsum bis hin zur Mobilität und darüber hinaus - unser Handeln beeinflusst unsere Umwelt und umgekehrt.

Indem wir unser Bewusstsein schärfen, nachhaltige Praktiken fördern und gemeinsam handeln, können wir einen positiven Wandel in Gang setzen und dazu beitragen, unseren Planeten für zukünftige Generationen zu schützen.

12.3. AKTIVE BÜRGERSCHAFT UND GESELLSCHAFTLICHES ENGAGEMENT: GEMEINSAM FÜR EINE BESSERE WELT

Als Jugendlicher hast du die einzigartige Möglichkeit, deine Stimme zu erheben, deine Ideen einzubringen und einen positiven Einfluss auf die Gemeinschaft und die Welt zu haben. Dieses Kapitel lädt dich ein, die aufregende Welt des gesellschaftlichen Engagements zu erkunden und zu verstehen, wie deine Handlungen eine bedeutsame Veränderung bewirken können.
Gesellschaftliches Engagement beginnt mit einer Leidenschaft für Veränderung. Es geht darum, sich für Themen einzusetzen, die dir am Herzen liegen, sei es Umweltschutz, soziale Gerechtigkeit, Bildung oder Gesundheitsfürsorge. Wenn du deine Leidenschaft identifiziert hast, kannst du dich darüber informieren, wie du aktiv werden

kannst, z. B. durch Freiwilligenarbeit, Teilnahme an Protesten oder Petitionen, Fundraising oder der Gründung einer eigenen Initiative.

Eines der kraftvollsten Instrumente der aktiven Bürgerschaft ist die Stimme. Deine Meinung und Überzeugung zählt und es gibt viele Wege, deine Stimme zu Gehör zu bringen. Soziale Medien bieten eine Plattform, um Gedanken zu teilen und Bewusstsein für Anliegen zu schaffen. Du kannst auch öffentliche Versammlungen, Diskussionsforen oder Gemeindeveranstaltungen nutzen, um dich mit anderen auszutauschen und Veränderungen anzustoßen.

Gemeinschaftliche Zusammenarbeit spielt eine zentrale Rolle beim gesellschaftlichen Engagement. Indem du dich mit Gleichgesinnten zusammenschließt, könnt ihr eure Bemühungen verstärken und kreative Lösungen für Probleme finden. Gemeinschaftliche Projekte, Workshops oder Diskussionsgruppen bieten Möglichkeiten, eure Ideen zu teilen, voneinander zu lernen und inspirierende Verbindungen zu knüpfen.

Es ist wichtig, zu betonen, dass aktive Bürgerschaft nicht nur auf politische oder soziale Anliegen beschränkt ist. Es kann auch bedeuten, sich aktiv in der Schule oder einer lokalen Gemeinschaft einzubringen. Gemeinsam könnt ihr Veranstaltungen organisieren, um das Bewusstsein für wichtige Themen zu schärfen, Ressourcen für Bedürftige sammeln oder Bildungsinitiativen starten. Euer Engagement kann eine positive Kultur des Miteinanders und der Empathie fördern und einen echten Unterschied in eurem unmittelbaren Umfeld bewirken.

Aktive Bürgerschaft und gesellschaftliches Engagement sind nicht nur Mittel zur Veränderung, sondern auch eine Quelle persönlichen Wachstums. Du wirst Fähigkeiten wie Teamarbeit, Kommunikation, Führung und Problemlösung entwickeln. Zudem wirst du erfahren, wie bedeutend deine Bemühungen sein können und wie viel Einfluss du als Einzelner hast.

13. WACHSE, LERNE, WERDE –

DIE KUNST DER SELBSTENTWICKLUNG

13.1. DIE KUNST DER ANPASSUNG: VERÄNDERUNGEN UND UNSICHERHEIT MEISTERN

Die Teenagerjahre sind eine Zeit des Wandels, in der du dich nicht nur physisch, sondern auch emotional und mental entwickelst. Dieses Kapitel lädt dich ein, die Kunst der Anpassung zu erlernen und dich darauf vorzubereiten, mit den Unwägbarkeiten des Lebens auf positive und gesunde Weise umzugehen.

Veränderungen sind ein natürlicher Bestandteil des Lebens, aber sie können auch Ängste und Unsicherheiten auslösen. Die Schule, Freundschaften, Familie und persönliche Interessen können sich im Laufe der Zeit verändern und es ist normal, sich von diesen Veränderungen herausgefordert zu fühlen. Doch statt Veränderungen als Bedrohung zu sehen, kannst du lernen, sie als Chancen für persönliches Wachstum und neue Erfahrungen zu betrachten.

Ein erster Schritt zur Akzeptanz von Veränderungen ist die Entwicklung von Flexibilität und Anpassungsfähigkeit. Das bedeutet, offen für neue Möglichkeiten zu sein und sich nicht an starre Vorstellungen zu klammern. Indem du dich darauf einstellst, dass Veränderungen unausweichlich sind, wirst du besser in der Lage sein, dich auf neue Situationen einzulassen und diese zu meistern.

Ebenso wichtig ist die Fähigkeit, Unsicherheit zu tolerieren. Das Leben ist oft unvorhersehbar und es gibt keine Garantien für das, was in der Zukunft passieren wird. Anstatt dich von Unsicherheit überwältigen zu lassen, kannst du lernen, im Hier und Jetzt zu leben und dich auf das zu konzentrieren, was du kontrollieren kannst. Die Praxis von Achtsamkeit und positivem Denken kann dir dabei helfen, mit Unsicherheit umzugehen und deine Ängste zu mindern.

Eine gesunde Einstellung gegenüber Veränderungen beinhaltet auch die Bereitschaft, um Hilfe und Unterstützung zu bitten. Das kann bedeuten, mit Freunden, Familie oder Lehrern zu sprechen, wenn du dich überfordert fühlst. Es kann auch bedeuten, professionelle

Hilfe in Anspruch zu nehmen, wenn du das Gefühl hast, dass Unsicherheit und Veränderungen deine mentale Gesundheit beeinträchtigen.
Die Akzeptanz von Veränderungen und Unsicherheit ist nicht nur eine persönliche Fähigkeit, sondern auch eine, die in vielen Lebensbereichen von Nutzen ist. In der Schule und im Berufsleben wirst du immer wieder mit neuen Herausforderungen konfrontiert werden, die Anpassungsfähigkeit erfordern. Indem du die Fähigkeit entwickelst, mit Veränderungen umzugehen, wirst du nicht nur widerstandsfähiger gegenüber Stress, sondern auch offener für neue Gelegenheiten und Erfahrungen.

Letztendlich geht es bei der Akzeptanz von Veränderungen und Unsicherheit darum, eine positive und konstruktive Einstellung zu entwickeln. Veränderungen können beängstigend, aber auch aufregend und bereichernd sein.

> Indem du lernst, mit Unsicherheit umzugehen und Veränderungen anzunehmen, wirst du dazu in der Lage sein, dich flexibel anzupassen und eine Haltung der Zuversicht und des Wachstums zu kultivieren.

13.2. GESTÄRKT AUS RÜCKSCHLÄGEN HERVORGEHEN: DIE KUNST DER RESILIENZ

Rückschläge sind unvermeidlicher Bestandteil des Lebens und können sich in vielen Formen manifestieren - sei es eine enttäuschende Note, eine gescheiterte Beziehung oder ein beruflicher Misserfolg. Die Fähigkeit, mit Rückschlägen umzugehen, ist jedoch entscheidend für deine persönliche Entwicklung und dein Wohlbefinden.
Resilienz ist die Fähigkeit, sich nach einem Rückschlag zu erholen

und wieder aufzustehen. Sie bedeutet nicht, dass du Rückschläge vermeidest oder unterdrückst, sondern dass du lernst, mit ihnen umzugehen und aus ihnen zu lernen.
Ein erster Schritt zur Resilienz ist die Entwicklung eines positiven Mindsets. Indem du lernst, deine Gedanken zu lenken und dich auf das Positive zu konzentrieren, kannst du deine Widerstandsfähigkeit gegenüber Rückschlägen stärken.
Ein weiterer wichtiger Aspekt der Resilienz ist die Fähigkeit, Emotionen zu erkennen und zu akzeptieren. Es ist normal, bei Rückschlägen Gefühle wie Frustration, Wut oder Enttäuschung zu empfinden. Anstatt diese Emotionen zu unterdrücken, ist es wichtig, sie zu akzeptieren und auf gesunde Weise auszudrücken. Das kann durch Gespräche mit Freunden, Familienmitgliedern oder einem Therapeuten geschehen.
Rückschläge können auch als Lernmöglichkeiten betrachtet werden. Wenn du einen Rückschlag erlebst, nimm dir die Zeit, um zu reflektieren und zu analysieren, was schiefgelaufen ist. Welche Faktoren haben zu dieser Situation geführt? Welche Entscheidungen könntest du in Zukunft anders treffen? Durch diese Art der Selbstreflexion kannst du wertvolle Erkenntnisse gewinnen, die dir helfen werden, zukünftige Herausforderungen besser zu bewältigen.
Ein Schlüsselaspekt der Resilienz ist die Entwicklung von Bewältigungsstrategien. Finde gesunde Möglichkeiten, mit Stress umzugehen, sei es durch körperliche Aktivität, Meditation, kreative Ausdrucksformen oder das Schreiben in einem Tagebuch. Diese Strategien helfen dir, dich zu beruhigen und deine Emotionen in schwierigen Zeiten zu regulieren.
Gleichzeitig ist es wichtig, ein starkes soziales Netzwerk aufzubauen. Freunde, Familie und Unterstützer können dir in Zeiten von Rückschlägen Kraft geben und dir bei der Bewältigung helfen. Das Teilen deiner Erfahrungen und das Anhören anderer, die ähnliche Herausforderungen erlebt haben, können dich daran erinnern, dass du nicht allein bist.

Die Kunst der Resilienz beinhaltet auch die Fähigkeit, Vergebung zu üben – sowohl anderen gegenüber als auch dir selbst. Es ist normal, Fehler zu machen, und niemand ist perfekt. Indem du lernst, dir selbst und anderen zu vergeben, kannst du dich von negativen Emotionen befreien und dich auf positive Veränderungen konzentrieren.

Letztendlich geht es bei der Resilienz darum, eine innere Stärke zu entwickeln, die es dir ermöglicht, trotz Rückschlägen vorwärtszugehen. Du wirst in der Lage sein, Herausforderungen mit einer ruhigen Entschlossenheit anzunehmen und aus jeder Erfahrung zu lernen. Die Kunst der Resilienz wird dich dazu befähigen, in schwierigen Zeiten widerstandsfähig zu bleiben und gestärkt aus Rückschlägen hervorzugehen – bereit, die nächste Etappe deiner Reise anzutreten.

13.3. UNENDLICHE NEUGIER: DIE KRAFT DER KONTINUIERLICHEN BILDUNG

Das Lernen endet nicht mit dem Abschluss, sondern ist eine lebenslange Reise, die die Tür zur Welt des Wissens und der Entdeckung weit offenhält. In einer sich ständig verändernden Welt ist die Fähigkeit, kontinuierlich zu lernen und die Neugier zu bewahren, von entscheidender Bedeutung.
Die Neugier ist eine kraftvolle Triebfeder für persönliches Wachstum. Sie lädt dich ein, Fragen zu stellen, Zusammenhänge zu erkennen und die Welt um dich herum zu verstehen. Die Fähigkeit, neugierig zu bleiben, bedeutet, offen für neue Ideen zu sein und dich für eine Vielzahl von Themen zu interessieren, sei es Wissenschaft, Kunst, Kultur oder Philosophie.

Kontinuierliche Bildung bedeutet nicht nur, in der Schule zu lernen, sondern auch außerhalb des traditionellen Unterrichts. Du kannst das ganze Leben lang lernen, sei es durch Bücher, Online-Kurse, Workshops, Seminare oder praktische Erfahrungen. Die Welt ist voller Ressourcen, die es dir ermöglichen, Wissen zu erwerben und deine Fähigkeiten zu erweitern.

Ein Schlüsselaspekt der kontinuierlichen Bildung ist die Fähigkeit, dich neuen Herausforderungen zu stellen. Statt vor Unbekanntem zurückzuschrecken, kannst du die Gelegenheit nutzen, dich neuen Erfahrungen zu öffnen. Diese Herausforderungen können dir nicht nur neues Wissen bringen, sondern auch dazu beitragen, deine Fähigkeiten zu schärfen und deine Komfortzone zu erweitern.

Kontinuierliche Bildung fördert auch kritisches Denken und Analysefähigkeiten. Indem du verschiedene Quellen von Informationen und Perspektiven erkundest, wirst du in der Lage sein, Informationen zu hinterfragen, Fakten von Meinungen zu unterscheiden und fundierte Entscheidungen zu treffen. Diese Fähigkeiten sind nicht nur im akademischen Kontext nützlich, sondern auch im täglichen Leben.

Die Fortsetzung des Lernens kann auch eine Quelle der Freude und Inspiration sein. Wenn du deine Interessen und Leidenschaften verfolgst, wirst du feststellen, dass das Lernen zu einem aufregenden Abenteuer wird. Neue Erkenntnisse und Entdeckungen können deine Kreativität anregen, deine Denkweise erweitern und dein Leben auf unvorhersehbare Weise bereichern.

Kontinuierliche Bildung ist nicht nur eine individuelle Reise, sondern auch eine, die dich mit anderen verbindet. Du kannst Lerngruppen, Diskussionsforen oder Klubs beitreten, um dein Wissen zu teilen, von anderen zu lernen und gemeinsam zu wachsen. Die Interaktion mit Gleichgesinnten kann neue Perspektiven eröffnen und eine unterstützende Gemeinschaft schaffen.

Die Welt ist voller Geheimnisse und Möglichkeiten, die darauf warten, von dir entdeckt zu werden. Indem du deine Neugier bewahrst und die Reise des Lernens fortsetzt, wirst du in der Lage sein, ein erfülltes und inspirierendes Leben zu führen, das von Entdeckung und Wachstum geprägt ist.

14. DEINE GESUNDHEIT -

EIN LEBEN IN BALANCE

14.1. ERHOLSAMER SCHLAF: DIE QUELLE DEINER ENERGIE UND KLARHEIT

Schlaf ist nicht nur eine passive Aktivität, sondern ein essenzieller Bestandteil deiner Gesundheit und deines Wohlbefindens. In einer Welt, die oft von Hektik und Stress geprägt ist, ist ein erholsamer Schlaf von entscheidender Bedeutung, um Körper und Geist zu regenerieren.

Der Schlaf erfüllt viele wichtige Funktionen im Körper. Während du schläfst, arbeitet dein Gehirn daran, Informationen zu verarbeiten, Erinnerungen zu konsolidieren und den Körper zu reparieren. Ein regelmäßiger und ausreichender Schlaf ist notwendig, um deine kognitive Funktion, emotionale Gesundheit und physische Vitalität aufrechtzuerhalten.

Die Schlafqualität ist genauso wichtig wie die Schlafmenge. Ein tiefer und ununterbrochener Schlaf ermöglicht es deinem Körper, die verschiedenen Schlafphasen effizient zu durchlaufen, einschließlich des REM-Schlafs, der für das Träumen und die kognitive Verarbeitung entscheidend ist. Um eine gute Schlafqualität zu fördern, ist es hilfreich, Schlafgewohnheiten zu entwickeln, wie das Schaffen eines komfortablen Schlafumfelds, das Vermeiden von Bildschirmzeit vor dem Zubettgehen und die Einhaltung eines konsistenten Schlafplans.

Stress und Lebensstil können einen erheblichen Einfluss auf deine Schlafgewohnheiten haben. Die Fähigkeit, Entspannungstechniken wie Meditation, Atemübungen oder sanfte Bewegung in deinen Alltag zu integrieren, kann dazu beitragen, Stress abzubauen und deinen Körper auf einen erholsamen Schlaf vorzubereiten. Die Begrenzung von Koffein und schweren Mahlzeiten vor dem Schlafengehen kann ebenfalls dazu beitragen, deine Schlafqualität zu verbessern.

Die digitale Welt, in der wir leben, kann auch deine Schlafgewohnheiten beeinflussen. Das Licht von Bildschirmen kann den natürlichen

Schlaf-wach-Rhythmus stören, indem es die Produktion von Melatonin, einem Schlafhormon, reduziert. Es ist ratsam, vor dem Schlafengehen Bildschirmzeit zu reduzieren und in den letzten Stunden vor dem Zubettgehen auf beruhigende Aktivitäten umzusteigen. Schlaf ist nicht nur eine individuelle Angelegenheit, sondern auch eine, die die Gesundheit deiner Gemeinschaft und deiner Umwelt beeinflusst. Forschung hat gezeigt, dass unzureichender Schlaf mit einer Vielzahl von Gesundheitsproblemen wie Fettleibigkeit, Herzkrankheiten und psychischen Erkrankungen in Verbindung gebracht werden kann. Indem du auf deinen eigenen Schlaf achtest, trägst du nicht nur zu deinem Wohlbefinden bei, sondern beeinflusst auch deine Fähigkeit, in deiner Umgebung aktiv zu sein und positiv auf andere Einfluss zu nehmen.

Die Verbesserung deines Schlafs erfordert Engagement und bewusste Entscheidungen. Indem du deine Schlafgewohnheiten beobachtest, stressabbauende Techniken anwendest und ein förderliches Schlafumfeld schaffst, wirst du in der Lage sein, die erfrischende und verjüngende Kraft des Schlafs voll auszuschöpfen.

> Ein erholsamer Schlaf wird nicht nur deine körperliche Gesundheit verbessern, sondern auch deine geistige Klarheit und emotionale Ausgeglichenheit fördern – damit du bereit bist, jeden Tag mit Energie und Vitalität anzugehen.

14.2. DIE SCHÄTZE DER PSYCHISCHEN GESUNDHEIT: DEN GEIST PFLEGEN UND STÄRKEN

Psychische Gesundheit ist ein wertvolles Gut, das oft übersehen oder vernachlässigt wird. In einer Welt, die oft von äußeren Anforderungen und Stress geprägt ist, ist es von entscheidender Bedeutung, auf deine psychische Gesundheit zu achten und deine geistige Stärke zu fördern.

Psychische Gesundheit bezieht sich auf dein emotionales, kognitives und soziales Wohlbefinden. Es umfasst die Fähigkeit, mit Stress umzugehen, gesunde Beziehungen aufzubauen, positive Emotionen zu erleben und dein volles Potenzial auszuschöpfen. Indem du deine psychische Gesundheit priorisierst, legst du den Grundstein für ein erfülltes und produktives Leben.

Ein Schlüsselaspekt der psychischen Gesundheit ist die Fähigkeit zur Selbstreflexion und Selbstakzeptanz. Es ist wichtig, sich selbst mit Freundlichkeit und Mitgefühl zu behandeln, anstatt sich selbst zu kritisieren oder übermäßig hohe Erwartungen zu haben. Selbstakzeptanz bedeutet nicht, dass du perfekt sein musst, sondern dass du dich selbst so annimmst, wie du bist, mit all deinen Stärken und Schwächen.

Stress ist ein natürlicher Teil des Lebens, aber chronischer Stress kann die psychische Gesundheit beeinträchtigen. Die Entwicklung von Stressbewältigungstechniken wie Achtsamkeit, Meditation, körperliche Aktivität und das Knüpfen von unterstützenden sozialen Beziehungen kann dir helfen, Stress abzubauen und deine geistige Gesundheit zu fördern.

Kommunikation ist ein weiterer Schlüssel zur psychischen Gesundheit. Die Fähigkeit, deine Gefühle und Gedanken auszudrücken, kann dazu beitragen, Spannungen abzubauen und Beziehungen zu stärken. Gleichzeitig ist es wichtig, zuzuhören und Empathie für die

Gefühle anderer zu zeigen. Offene Kommunikation kann dazu beitragen, Missverständnisse zu vermeiden und Konflikte konstruktiv zu lösen.

Die Pflege deiner psychischen Gesundheit umfasst auch die Entwicklung von Bewältigungsstrategien für schwierige Zeiten. Es ist normal, Zeiten der Traurigkeit, Angst oder Unsicherheit zu erleben. Die Fähigkeit, diese Gefühle zu bewältigen und nach Unterstützung zu suchen, sei es von Freunden, Familie oder professionellen Therapeuten, kann dir helfen, dich durch herausfordernde Phasen zu navigieren.

Selbstfürsorge ist ein weiteres Element der psychischen Gesundheit. Indem du auf deine körperlichen Bedürfnisse achtest, ausreichend Schlaf bekommst, dich gesund ernährst und körperliche Aktivität in deinen Alltag integrierst, unterstützt du deine geistige Gesundheit. Körper und Geist sind eng miteinander verbunden und eine gesunde Lebensweise kann dazu beitragen, deine psychische Gesundheit zu fördern.

Die Anerkennung der eigenen Grenzen und die Bereitschaft, um Hilfe zu bitten, sind ebenfalls wichtige Aspekte der psychischen Gesundheit. Es ist in Ordnung, nicht alles alleine bewältigen zu können und Unterstützung von anderen anzunehmen, wenn du sie brauchst. Das ist ein Zeichen von Stärke, nicht von Schwäche.

Die Schätze der psychischen Gesundheit sind von unschätzbarem Wert und verdienen deine Aufmerksamkeit und Pflege.

Indem du auf deine psychische Gesundheit achtest, wirst du in der Lage sein, ein erfülltes und bedeutungsvolles Leben zu führen, indem du deine Potenziale ausschöpfst und Herausforderungen mit Resilienz und Klarheit begegnest.

14.3. VERSTEHEN UND BEWÄLTIGEN VON MORGENDLICHER MÜDIGKEIT UND NÄCHTLICHER AKTIVITÄT

Die Jugendjahre sind oft von veränderten Schlafmustern geprägt, die sich in morgendlicher Müdigkeit und nächtlicher Aktivität äußern können. Während der Schulzeit kann es schwierig sein, morgens rechtzeitig aufzustehen, während du in den späten Stunden plötzlich eine Welle der Energie und Kreativität verspürst.

Die biologische Uhr deines Körpers, auch *zirkadianer Rhythmus* genannt, spielt eine entscheidende Rolle bei deinem Schlaf-Wach-Verhalten. Während der Teenagerjahre kann sich dieser Rhythmus verschieben, was dazu führt, dass du abends länger wach bleibst und morgens schwerer aus dem Bett kommst. Das ist ein natürlicher Teil der körperlichen und hormonellen Veränderungen, die während der Adoleszenz auftreten.

Es ist wichtig, zu verstehen, dass diese Veränderungen in deinem Schlafmuster nicht unbedingt darauf hinweisen, dass du faul oder undiszipliniert bist. Dein Körper durchläuft biologische Veränderungen, die deine Schlafgewohnheiten beeinflussen können. Anstatt dich selbst zu kritisieren, ist es hilfreich, deinen Körper zu unterstützen, indem du gesunde Schlafgewohnheiten entwickelst.

Eine Möglichkeit, mit morgendlicher Müdigkeit umzugehen, ist es, einen Schlafplan zu entwickeln. Indem du versuchst, zur gleichen Zeit ins Bett zu gehen und aufzustehen, kannst du deinem Körper helfen, seinen zirkadianen Rhythmus zu regulieren. Die Schaffung eines entspannten Schlafumfelds, das Vermeiden von Bildschirmzeit vor dem Schlafengehen und das Entwickeln einer beruhigenden Abendroutine können ebenfalls dazu beitragen, deine Schlafqualität zu verbessern.

Was die nächtliche Aktivität betrifft, ist es wichtig, gesunde Wege zu finden, deine Energie und Kreativität auszuleben. Wenn

du nachts besonders aktiv und kreativ wirst, könntest du das als Gelegenheit nutzen, deine Interessen zu vertiefen oder kreative Projekte zu verfolgen. Es ist jedoch wichtig, sicherzustellen, dass du immer noch ausreichend Schlaf bekommst und deine Gesundheit nicht gefährdest.
Wenn nächtliche Aktivität dein Schlafmuster beeinträchtigt, könntest du Techniken zur Entspannung und Stressbewältigung erlernen. Das kann das Praktizieren von Meditation, tiefen Atemübungen oder sanfter Bewegung sein, um deinen Geist zu beruhigen und dich auf den Schlaf vorzubereiten. Das Finden eines Ausgleichs zwischen nächtlicher Kreativität und ausreichendem Schlaf ist entscheidend, um sowohl deine geistige Gesundheit als auch deine tägliche Funktionsfähigkeit zu unterstützen.

Letztendlich geht es darum, ein Gleichgewicht zu finden, das deinen individuellen Schlafbedürfnissen entspricht. Es ist in Ordnung, wenn deine Schlafmuster sich während der Teenagerjahre ändern, aber es ist wichtig, auf deine Gesundheit und dein Wohlbefinden zu achten.

Indem du dich selbst besser verstehst und gesunde Schlafgewohnheiten entwickelst, kannst du sicherstellen, dass du sowohl morgens erfrischt aufwachst als auch deine nächtliche Kreativität genießen kannst.

15. GRENZEN UND ENTSCHEIDUNGEN –

EINBLICK IN DEN UMGANG MIT DROGEN UND ABHÄNGIGKEITEN

15.1. EIN TIEFES VERSTÄNDNIS VON SUCHT UND IHRE ÜBERWINDUNG

Die Jugendjahre können mit Versuchungen und Herausforderungen gefüllt sein. Eine dieser Herausforderungen sind Süchte. Ob es um Substanzen, Technologie oder Verhaltensweisen geht: Die Fähigkeit, die Anziehungskraft von Sucht zu verstehen und Wege zu finden, sie zu überwinden, ist von entscheidender Bedeutung.

Eine Sucht kann viele Formen annehmen, sei es Alkohol, Drogen, Tabak, Spielen, Soziale Medien oder andere Verhaltensweisen. Was sie gemeinsam haben, ist die Tendenz, eine übermäßige Anziehungskraft auszuüben und das Leben eines Menschen zu kontrollieren. Verständnis ist der erste Schritt zur Überwindung von Sucht und es ist wichtig, zu erkennen, dass sie Menschen jeden Alters betreffen kann.

Eine der wichtigsten Fragen, wenn es um Sucht geht, ist, warum Menschen anfällig dafür sind. Genetik, Umweltfaktoren, Peer-Druck und psychische Gesundheit können alle eine Rolle spielen. Jugendliche könnten sich besonders von Risikosituationen angezogen fühlen, da sie nach Identität und Akzeptanz suchen. Das Verständnis dieser Faktoren kann dazu beitragen, Mitgefühl zu entwickeln und präventive Maßnahmen zu ergreifen.

Prävention ist ein wichtiger Aspekt im Umgang mit Sucht. Bildung über die Risiken von Suchtmitteln und -verhalten, das Erkennen von Warnzeichen und der Aufbau von gesunden Bewältigungsstrategien sind entscheidend. Die Entwicklung von Selbstwertgefühl, Stressbewältigungskompetenz und die Fähigkeit, Unterstützung zu suchen, können dazu beitragen, die Anfälligkeit für Sucht zu verringern.

Diejenigen, die bereits von einer Sucht betroffen sind, benötigen Unterstützung und Hilfe, um den Weg zur Genesung zu finden. Professionelle Beratung, Therapie und Unterstützungsgruppen können Teil dieses Prozesses sein. Es ist wichtig zu erkennen, dass

es Mut erfordert, nach Hilfe zu suchen, und dass der Prozess der Genesung Schritt für Schritt erfolgen kann.
Ein entscheidender Aspekt bei der Überwindung von Sucht ist die Entwicklung von Bewusstsein und Selbstkontrolle. Das Erkennen von Auslösern, das Schaffen von gesunden Routinen und das Lernen von Bewältigungsstrategien sind Schritte auf dem Weg zur Genesung. Unterstützung von Freunden und Familie sowie das Vermeiden von Situationen, die Rückfälle auslösen könnten, sind ebenfalls wichtig.
Die Überwindung einer Sucht erfordert Zeit, Geduld und Entschlossenheit. Rückfälle können auftreten, aber sie sollten nicht als Scheitern angesehen werden. Jeder Schritt auf dem Weg zur Genesung ist ein Fortschritt und das Entwickeln von Resilienz und Beharrlichkeit kann dazu beitragen, Hindernisse zu überwinden.

Letztendlich geht es bei der Auseinandersetzung mit Süchten darum, die Kontrolle über dein eigenes Leben zurückzugewinnen und die Freiheit zu spüren, deine Entscheidungen bewusst zu treffen.

Indem du verstehst, wie Sucht funktioniert, präventive Maßnahmen ergreifst und Unterstützung suchst, wenn du sie benötigst, wirst du in der Lage sein, deine Gesundheit und dein Wohlbefinden zu schützen und dich auf einen Weg zu einer erfüllten und positiven Zukunft zu begeben.

15.2. AUF DÜNNEM EIS: EINBLICKE IN SUBSTANZEN UND BEWUSSTE ENTSCHEIDUNGEN

Substanzen wie Nikotin, Alkohol, Cannabis und Ecstasy sind Teil der Welt, die dich umgibt, aber es ist von entscheidender Bedeutung, die Fakten zu verstehen, die Auswirkungen zu erkennen und bewusste Entscheidungen zu treffen.

Nikotin ist eine Suchtsubstanz, die in Tabakprodukten wie Zigaretten vorkommt. Die Versuchung, das Rauchen auszuprobieren, könnte aus Neugier oder sozialem Druck entstehen. Aber es ist wichtig, zu wissen, dass Nikotin nicht nur süchtig machen kann, sondern auch schwerwiegende gesundheitliche Folgen hat. Langfristiger Tabakkonsum kann zu Herzkrankheiten, Atemwegserkrankungen und Krebs führen. Das Verständnis der Risiken und die Entwicklung von Abwehrstrategien sind die Schlüssel, um sich von dieser gefährlichen Gewohnheit fernzuhalten.

Alkohol ist eine weitverbreitete Substanz, die oft mit sozialen Anlässen und Feiern in Verbindung gebracht wird. Doch es ist wichtig, zu wissen, dass Alkoholmissbrauch schwerwiegende Konsequenzen haben kann. Jugendliche sind besonders anfällig für die Auswirkungen von Alkohol, da ihre Gehirne noch in der Entwicklung sind. Übermäßiger Alkoholkonsum kann zu Beeinträchtigungen der kognitiven Funktionen, Abhängigkeit und riskantem Verhalten führen. Es ist von entscheidender Bedeutung, die eigenen Grenzen zu kennen, sich über die rechtlichen Bestimmungen in Bezug auf Alkohol im eigenen Land zu informieren und alternative Wege zu finden, um Spaß zu haben, ohne sich selbst zu gefährden.

Cannabis, auch bekannt als Marihuana oder *Gras*, ist eine weitere Substanz, die Jugendliche möglicherweise ausprobieren. Es wird oft als *ungefährlich* wahrgenommen, aber es ist wichtig, zu verstehen, dass Cannabis psychotrope Wirkungen hat und langfristige

Auswirkungen auf die geistige Gesundheit haben kann. Insbesondere bei jugendlichen Gehirnen kann der regelmäßige Konsum von Cannabis die kognitive Entwicklung beeinträchtigen und das Risiko für psychische Gesundheitsprobleme erhöhen. Informiere dich über die Fakten, bevor du eine Entscheidung triffst, und überlege, welche langfristigen Auswirkungen der kurzfristige Rausch haben könnte.

Ecstasy, auch als *MDMA* bekannt, ist eine synthetische Droge, die euphorische Gefühle und gesteigerte Empathie hervorrufen kann. Es wird oft auf Partys und Veranstaltungen konsumiert, aber es ist wichtig, zu wissen, dass Ecstasy ernsthafte gesundheitliche Risiken birgt. Es kann zu Dehydratation, Hyperthermie und sogar lebensbedrohlichen Zuständen führen. Das Experimentieren mit Ecstasy kann nicht nur deine Gesundheit gefährden, sondern auch rechtliche Konsequenzen haben. Denk daran, dass es bessere Möglichkeiten gibt, um Spaß zu haben und eine Verbindung zu anderen herzustellen, ohne dich selbst in Gefahr zu bringen.

Es ist von entscheidender Bedeutung, dass du über die Auswirkungen dieser Substanzen informiert bist und die Fähigkeit entwickelst, bewusste Entscheidungen zu treffen. Deine Gesundheit und dein Wohlbefinden sollten immer an erster Stelle stehen. Informiere dich, suche nach gesunden Möglichkeiten, um Stress abzubauen und Spaß zu haben, und erinnere dich daran, dass du die Kontrolle über deine Entscheidungen hast.

Indem du dich informierst und bewusste Entscheidungen triffst, kannst du die Verantwortung für deine eigene Gesundheit übernehmen und einen positiven Weg in die Zukunft einschlagen.

15.3. DIE GAMINGSUCHT: EIN TIEFER EINBLICK IN VIDEOSPIELSUCHT UND EINEN AUSGEWOGENEN UMGANG MIT GAMES

Die Welt der Videospiele ist faszinierend, aufregend und oft verlockend. Doch während das Spielen eine unterhaltsame und kreative Möglichkeit sein kann, deine Freizeit zu gestalten, ist es auch wichtig, sich der möglichen Gefahren der Videospielsucht bewusst zu sein. In diesem Kapitel werden wir in die Tiefen der Videospielsucht eintauchen, ihre Auswirkungen verstehen und Strategien zur Wahrung eines ausgewogenen Verhältnisses zwischen Spielen und realer Welt entdecken.

Videospiele bieten eine Möglichkeit, in aufregende und abwechslungsreiche Welten einzutauchen, Herausforderungen zu meistern und Erfolge zu erzielen. Sie können eine Flucht aus dem Alltag bieten und eine Möglichkeit sein, Stress abzubauen. Doch die ständige Verfügbarkeit und das fortwährende Streben nach Erfolg können auch dazu führen, dass das Spielen zu einer zwanghaften Gewohnheit wird.

Es ist wichtig, die Warnzeichen der Videospielsucht zu erkennen. Dazu gehören Dinge wie das Vernachlässigen von Verpflichtungen, das Ignorieren von sozialen Aktivitäten, Schlafmangel und Reizbarkeit, wenn du nicht spielen kannst. Wenn das Spielen beginnt, dein tägliches Leben zu beeinträchtigen, und dich von wichtigen Aktivitäten und Beziehungen abhält, könnte dies ein Zeichen für eine mögliche Sucht sein.

Videospielsucht kann ernsthafte Auswirkungen auf deine Gesundheit und dein Wohlbefinden haben. Übermäßiges Spielen kann zu Schlafstörungen, körperlicher Inaktivität, Augenbelastung und sozialer Isolation führen. Es kann auch deine schulischen oder beruflichen Leistungen beeinträchtigen und langfristige Auswirkungen auf deine geistige Gesundheit haben.

Der Schlüssel liegt darin, einen ausgewogenen Ansatz im Umgang mit Videospielen zu finden. Das bedeutet nicht, dass du aufhören musst zu spielen, sondern zu lernen, die Kontrolle zu behalten. Setze klare Grenzen für deine Spielzeit und achte darauf, dass du genügend Zeit für andere Aktivitäten wie Bewegung, soziale Interaktion, Lernen und Entspannung aufwendest.
Wenn du das Gefühl bekommst, dass du Schwierigkeiten hast, deine Spielgewohnheiten zu kontrollieren, ist es wichtig, Bewältigungsstrategien zu entwickeln. Sprich mit Freunden oder Familie über deine Bedenken, suche nach alternativen Hobbys oder Aktivitäten, die dich interessieren, und erkenne, wann es Zeit ist, professionelle Unterstützung in Anspruch zu nehmen.

Videospiele können eine unterhaltsame und bereichernde Erfahrung sein, solange du die Kontrolle behältst.

Indem du dich bewusst mit dem Thema Videospielsucht auseinandersetzt, wirst du in der Lage sein, die Freude am Spielen zu bewahren und gleichzeitig sicherzustellen, dass es keinen negativen Einfluss auf andere Aspekte deines Lebens hat.

16. SOCIAL-MEDIA -

UNSERE DIGITALE WELT

16.1. DIE DIGITALE BÜHNE: WAS GEBE ICH ALLES VON MIR IM INTERNET PREIS?

In der heutigen vernetzten Welt spielen soziale Medien eine große Rolle. Sie bieten eine Plattform, um mit Freunden in Verbindung zu bleiben, interessante Inhalte zu teilen und unser Leben zu präsentieren. Doch es ist wichtig, klug zu navigieren und sich bewusst zu sein, wie viel wir auf sozialen Medien preisgeben.

In der Welt der sozialen Medien mag es verlockend erscheinen, sich sicher und privat zu fühlen, während du Fotos, Gedanken und Details aus deinem Leben teilst. Aber es ist wichtig, zu verstehen, dass die Grenzen der Privatsphäre online anders sind als offline. Informationen, die du auf sozialen Medien teilst, können leicht verbreitet und möglicherweise von Personen gesehen werden, die du nicht im Sinn hattest.

Bevor du Inhalte auf sozialen Medien teilst, ist es wichtig, dir deine Zielgruppe vor Augen zu führen. Denk darüber nach, wer deine Beiträge sehen könnte und ob du dich mit dem, was du teilst, wohlfühlst. Überlege, wie dein Beitrag von verschiedenen Menschen interpretiert werden könnte und ob er möglicherweise negative Auswirkungen auf dich oder andere haben wird.

Was einmal im Internet ist, bleibt oft für immer. Beiträge und Bilder, die du auf sozialen Medien teilst, könnten auch Jahre später noch aufrufbar sein. Bedenke, wie sich das, was du heute teilst, auf dein zukünftiges Selbst auswirken könnte. Es könnte Einfluss auf deine Bildung, Berufswahl oder sogar zwischenmenschliche Beziehungen haben.

Soziale Medien bieten in der Regel Einstellungen zur Privatsphäre, die es dir ermöglichen, zu steuern, wer deine Beiträge sehen kann. Nimm dir die Zeit, diese Einstellungen zu überprüfen und anzupassen, um sicherzustellen, dass du die Kontrolle darüber behältst, wer Zugang zu deinen Inhalten hat. Denk daran, dass selbst mit den besten Einstellungen keine absolute Privatsphäre gewährleistet ist. Es ist in Ordnung, nicht alles zu teilen. Es gibt Momente und Erfahrungen, die du vielleicht lieber für dich behältst. Manchmal kann das Teilen von zu vielen Informationen dazu führen, dass du dich angreifbar fühlst oder sogar unerwünschte Aufmerksamkeit erhältst. Du hast die Macht zu entscheiden, was du teilen möchtest und was nicht.

Die richtige Balance zwischen Teilen und Privatsphäre zu finden, ist entscheidend. Es ist großartig, wenn du deine Interessen, Erfahrungen und Gedanken mit anderen teilen möchtest, aber es ist genauso wichtig, auf deine persönlichen Grenzen zu achten und sicherzustellen, dass du dich in der digitalen Welt genauso wohl fühlst wie im echten Leben.

Indem du dich darüber informierst, wie diese Plattformen funktionieren, die Auswirkungen deiner Beiträge berücksichtigst und deine Privatsphäre-Einstellungen nutzt, wirst du in der Lage sein, die digitale Bühne sicher und selbstbewusst zu betreten.

16.2. BODYSHAMING: EINBLICK IN KÖRPERAKZEPTANZ UND POSITIVES SELBSTBILD

In einer Welt, die oft von unrealistischen Schönheitsidealen geprägt ist, kann das Phänomen des Bodyshaming eine ernsthafte Belastung für das Selbstbewusstsein und das Wohlbefinden von Jugendlichen darstellen. Bodyshaming bezieht sich auf negative Kommentare, Urteile oder Vergleiche im Zusammenhang mit dem Körper anderer oder dem eigenen.

Die Medien, soziale Netzwerke und die Gesellschaft im Allgemeinen

vermitteln oft unrealistische Schönheitsstandards, die dazu führen können, dass Jugendliche ihren eigenen Körper kritisch betrachten. Der Vergleich mit vermeintlich *perfekten* Bildern kann zu Unsicherheiten und einem negativen Selbstbild führen. Es ist wichtig, zu erkennen, dass wahre Schönheit vielfältig ist und nicht auf Äußerlichkeiten beschränkt sein sollte.
Worte haben Macht und negative Kommentare über den eigenen Körper oder den Körper anderer können tiefe Spuren hinterlassen. Bodyshaming kann nicht nur das Selbstwertgefühl beeinträchtigen, sondern auch langfristige Auswirkungen auf die psychische Gesundheit haben. Als Gemeinschaft können wir uns dafür einsetzen, respektvolle Sprache zu verwenden und andere zu ermutigen, dasselbe zu tun.
Es ist wichtig, zu erkennen, dass Bodyshaming inakzeptabel ist, egal ob es von anderen kommt oder von einem selbst. Wir können aktiv daran arbeiten, diese schädlichen Verhaltensweisen zu bekämpfen, indem wir uns für Empathie und Respekt gegenüber allen Körpertypen einsetzen. Sich bewusst zu sein, wie Worte und Handlungen andere beeinflussen können, und ein Zeichen setzen, indem man solches Verhalten nicht toleriert, sind entscheidende Schritte.
Die Entwicklung einer positiven Beziehung zu deinem eigenen Körper ist ein wichtiger Schritt zur Überwindung von Bodyshaming. Das bedeutet, deinen Körper mit Freundlichkeit und Respekt zu behandeln, unabhängig von äußerlichen Merkmalen. Die Praxis der Selbstakzeptanz beinhaltet die Fähigkeit, deine Einzigartigkeit und deine Stärken anzuerkennen und dich nicht auf äußere Erscheinungen zu reduzieren.
Ein starkes Selbstbewusstsein basiert auf mehr als nur dem Aussehen. Es umfasst deine Talente, Interessen, Leidenschaften und deine Fähigkeit, Beziehungen aufzubauen. Indem du deine Aufmerksamkeit auf deine inneren Qualitäten lenkst und deine Selbstachtung stärkst, wirst du in der Lage sein, dich über äußere Urteile hinwegzusetzen.
Du bist nicht allein in deinem Streben nach Körperakzeptanz und

einem positiven Selbstbild. Suche nach einer Gemeinschaft von Freunden, Familie oder Gleichgesinnten, die dich dabei unterstützen, dein Selbstvertrauen zu stärken und Bodyshaming zu überwinden. Zusammen könnt ihr eine Atmosphäre der positiven Verstärkung und des Empowerments schaffen.

Letztendlich geht es darum, dein eigenes Selbstbild zu gestalten und zu definieren, unabhängig von den äußeren Einflüssen.

Indem du Körperakzeptanz kultivierst, dich selbst mit Freundlichkeit behandelst und dich auf deine inneren Qualitäten fokussierst, wirst du in der Lage sein, ein Leben zu führen, das von Selbstvertrauen und Wohlbefinden geprägt ist.

16.3. CYBERMOBBING: EINBLICK IN DIE AUSWIRKUNGEN VON ONLINE-MOBBING UND DIE BEDEUTUNG VON RESPEKT

Die digitale Welt bietet uns die Möglichkeit, miteinander in Kontakt zu treten und uns auszudrücken, aber sie birgt auch die Gefahr von Online-Mobbing.
Online-Mobbing, auch bekannt als *Cybermobbing*, bezieht sich auf negative, demütigende oder bedrohliche Botschaften oder Handlungen, die online gegen anderen gerichtet sind. Worte können genauso verletzend sein wie Taten und die unsichtbaren Wunden, die durch Online-Mobbing entstehen, können tiefe Narben hinterlassen. Die Auswirkungen reichen von geringem Selbstwertgefühl und Depressionen bis hin zu isolierenden Gefühlen.

Es ist wichtig, zu verstehen, dass jeder von uns die Verantwortung hat, sich online respektvoll zu verhalten. Das Teilen von negativen Kommentaren, demütigenden Botschaften oder beleidigenden Bildern hat reale Auswirkungen auf das emotionale Wohlbefinden anderer Menschen. Es ist unsere Pflicht, Empathie und Rücksichtnahme in die digitale Welt zu tragen und positive Beiträge zu fördern.

Empathie ist die Fähigkeit, sich in die Gefühle und Perspektiven anderer Menschen hineinzuversetzen. Sie ist ein mächtiges Werkzeug, um Online-Mobbing zu bekämpfen. Indem wir versuchen, die Gefühle derjenigen zu verstehen, die von Mobbing betroffen sind, können wir dazu beitragen, eine Kultur des Respekts und der Unterstützung zu schaffen.

Wenn du Zeuge von Online-Mobbing wirst, hast du die Macht, einzugreifen und deine Stimme zu erheben. Du kannst die Opfer unterstützen, indem du ihnen zeigst, dass sie nicht allein sind, oder den Täter zur Verantwortung ziehen, indem du klarmachst, dass solches Verhalten inakzeptabel ist. Zusammen können wir eine Gemeinschaft aufbauen, die Online-Mobbing nicht toleriert.

Soziale Medien haben das Potenzial, Positives zu bewirken. Wir können Online-Mobbing überwinden, indem wir soziale Medien nutzen, um Bewusstsein zu schaffen, Mitgefühl zu fördern und positive Botschaften zu verbreiten. Indem wir unsere Online-Präsenz dazu nutzen, andere zu inspirieren und zu ermutigen, tragen wir dazu bei, eine Kultur des Respekts und der Freundlichkeit zu schaffen.

Mutig zu sein bedeutet auch, online eine positive Präsenz zu haben und Verantwortung zu übernehmen. Statt negative Kommentare zu teilen oder andere herabzusetzen, kannst du dein Online-Verhalten nutzen, um eine Atmosphäre der Unterstützung, des Mitgefühls und der Toleranz zu schaffen. Jeder von uns hat die Fähigkeit, einen positiven Unterschied zu machen und dazu beizutragen, dass soziale Medien ein sicherer und freundlicher Ort für alle sind.

Wenn du dich dazu verpflichtest, ein positives Beispiel zu setzen und andere zur Verantwortung zu ziehen, trägst du dazu bei, eine Kultur des Miteinanders und der Unterstützung zu schaffen, die in der Online-Welt genauso wichtig ist wie im echten Leben.

16.4. OFFLINE-ABENTEUER: DIE KUNST, PAUSEN VON SOCIAL MEDIA ZU GENIESSEN

In einer Welt, die von ständiger Vernetzung und digitaler Interaktion geprägt ist, kann es erfrischend und befreiend sein, sich gelegentlich eine Auszeit von den sozialen Medien zu nehmen.
Ständige Benachrichtigungen, endloses Scrollen und der Druck, ständig online zu sein, können zu digitaler Erschöpfung führen. Die Notwendigkeit, ständig auf dem Laufenden zu bleiben, kann Stress verursachen und deine mentale Gesundheit beeinträchtigen. Eine Auszeit von den sozialen Medien kann dazu beitragen, diesen Stress abzubauen und eine dringend benötigte Erholung zu ermöglichen.
Indem du dich von deinem Bildschirm löst, kannst du dich bewusst dem gegenwärtigen Moment widmen. Du wirst in der Lage sein, die Welt um dich herum intensiver wahrzunehmen, dich auf deine Gedanken und Gefühle zu konzentrieren und tiefere Verbindungen zu den Menschen in deiner physischen Umgebung herzustellen. Diese Momente der Achtsamkeit können zu erhöhtem Wohlbefinden und einer tieferen emotionalen Verbundenheit führen.
Ohne die Ablenkung durch soziale Medien hast du die Möglichkeit, dich kreativ auszuleben und neue Interessen zu entdecken. Du könntest ein Buch lesen, zeichnen, schreiben, Musik machen oder Sport treiben. Diese Offline-Zeit bietet Raum für persönliches

Wachstum und die Erkundung von Aktivitäten, die deine Leidenschaft entfachen könnten.
Anstelle von *FOMO* (Fear of Missing Out), das oft mit sozialen Medien verbunden ist, kannst du die Freude des *JOMO* (Joy of Missing Out) erfahren. Das bedeutet, die Befreiung zu genießen, nicht ständig online sein zu müssen, und Freude daran zu finden, dass du dich auf das konzentrieren kannst, was dir wirklich wichtig ist.
Es ist wichtig, gesunde Grenzen für die Nutzung sozialer Medien festzulegen. Du könntest bestimmte Zeiten am Tag für die Online-Interaktion reservieren und den Rest der Zeit bewusst offline verbringen. Indem du klare Grenzen setzt, kannst du die Vorteile der digitalen Welt genießen, ohne dabei das Gleichgewicht zwischen Online- und Offline-Leben zu verlieren.

Eine Pause von sozialen Medien kann dazu beitragen, deine Perspektive zu erweitern und deine Beziehung zur digitalen Welt zu revitalisieren. Wenn du dich nach einer Pause wieder online begibst, wirst du es mehr schätzen und bewusster nutzen können.

17. 10 SKURRILE UND WITZIGE FAKTEN ZUM TEENAGER-ALTER

1. Teenager verbringen durchschnittlich mehr Zeit damit, ihre perfekte Selfie-Pose zu üben als mit dem Üben für die Schule.

2. Studien haben gezeigt, dass das Teenager-Gehirn ähnlich wie ein Internetbrowser mit vielen geöffneten Tabs funktioniert – es kann manchmal schwierig sein, den Fokus zu behalten.

3. Wusstest du, dass der Schlafzyklus von Teenagern tatsächlich biologisch bedingt ist? Ihr Körper ist quasi darauf programmiert, später ins Bett zu gehen und länger zu schlafen.

4. Teenager können manchmal mehr Emotionen in einem einzigen Textausdruck vermitteln als in einer ganzen Stunde persönlicher Gespräche.

5. In der Welt der Teenager ist die Playlist auf dem Handy oft wichtiger als der Inhalt des Kühlschranks.

6. Das Teenager-Gehirn ist wie ein Schwamm für neues Wissen, aber es neigt auch dazu, zufällige Fakten über Popkultur und Memes aufzusaugen.

7. Teenager sind Experten darin, leere Lebensmittelverpackungen im Kühlschrank zu hinterlassen, in der Hoffnung, dass jemand sie auf magische Weise füllt.

8. Der Kleidungsstil eines Teenagers kann sich schneller ändern als das Wetter – von Hipster zu Grunge zu Vintage, alles in einer Woche.

9. Teenager haben eine bemerkenswerte Fähigkeit, komplexe Mathematik anzuwenden, wenn es darum geht, wie viele Minuten sie noch schlafen können, wenn sie den Weckertermin um fünf Minuten verschieben.

10. Das Gehirn eines Teenagers ist ein Mysterium: Es kann sich stundenlang auf *TikTok* und *YouTube* verlieren, aber wenn es darum geht, das Zimmer aufzuräumen, wird es auf mysteriöse Weise völlig blockiert.

18. NACHWORT

Liebe Leserin, lieber Leser,

Mit diesem Buch haben wir gemeinsam eine aufregende Reise unternommen, um all die wichtigen Themen zu erkunden, die im Teenageralter eine Rolle spielen, aber oft nicht im Klassenzimmer behandelt werden. Von kultureller Sensibilität und Vielfalt über Umweltbewusstsein und Selbstentwicklung bis hin zu digitaler Etikette und Resilienz haben wir uns in die Tiefen des Wissens begeben, das dich auf deinem Weg begleiten wird.
Die Zeit des Heranwachsens ist ein Abenteuer voller Entdekkungen, Herausforderungen und neuer Erfahrungen. Während die Schule dich mit wertvollen Grundlagen versorgt, sind es die außerschulischen Lektionen, die dich zu dem vielseitigen und selbstbewussten Individuum formen, das du in der Zukunft sein wirst.
Denk daran, dass dein Leben ein ständiger Lernprozess ist. Es gibt keine Grenzen dafür, wie viel du wissen kannst, und keine Einschränkungen, wenn es darum geht, wer du werden willst. Du bist der Gestalter deines eigenen Weges und dieses Buch soll dich dabei unterstützen klug, einfühlsam und mutig zu handeln.
Du bist nicht allein auf deiner Reise. Deine Familie, Freunde und Mentoren sind da, um dich zu unterstützen und zu ermutigen, deine Träume zu verwirklichen. Die Welt bietet unendliche Möglichkeiten und deine einzigartigen Talente und Leidenschaften werden dich dorthin führen, wo du hingehörst.
Denk daran, dass jeder Tag eine Gelegenheit ist zu wachsen, zu lernen und zu strahlen. Sei stolz auf deine Reise und sei freundlich zu dir selbst. Dein Wissen, deine Erfahrungen und dein Herz sind wertvoll und die Welt wartet darauf, von dir inspiriert zu werden.

Mit diesem Buch habe ich versucht, dir einige Werkzeuge und Erkenntnisse in die Hand zu geben, um dich auf deinem Weg zu unterstützen. Ich hoffe, dass es dabei hilft, dein Leben in vollen

Zügen zu genießen, deine Träume zu verwirklichen und eine positive Wirkung auf die Welt um dich herum zu haben.

Alles Gute auf deiner aufregenden Reise des Heranwachsens!

Dein

Marvin Klug

Printed in Poland
by Amazon Fulfillment
Poland Sp. z o.o., Wrocław

28622960R00070